Es wurde einstimmig beschlossen ...

... mit einem Schlag A. von K. und Gabriel Lecouvreur alias Pulp aus dem Verkehr zu ziehen.

Cheryl lag nackt auf ihrem runden Bett. Sie sang vor sich hin. «Pulp, wo bist du? Was machst du?» Gabriel, der sich im Bad mit weißem Rasierschaum einseifte, antwortete: «Ich ziehe meine Socken aus!»

WUNDERLICH
TASCHENBUCH

Romain Goupil

Deutsch von Ronald Voullié

PULP und die Liebe am Montag

Deutsche Erstausgabe
Veröffentlicht im Rowohlt Taschenbuch Verlag GmbH,
Reinbek bei Hamburg, April 1999

Redaktion Juliane Kraus
Umschlaggestaltung Tandem Design
Illustration Miles Hyman © by Éditions Baleine
Copyright © der Illustrationen der Seiten 1 bis 4
by Roland Reznicek
Autorenfoto Copyright © by Éditions Baleine
Bildseitengestaltung und Typografie
Karen Kollmetz & Daniel Sauthoff
Satz Dante MT PostScript (PageOne)
Gesamtherstellung Clausen & Bosse, Leck
Printed in Germany
ISBN 3 499 26137 5

FÜR EINE GROSSE CLÉMENCE

VOR JEDEM MONTAG KOMMT AUF DIESER WELT EIN SONNTAG

«... Vergiß nicht, Montag ist Sodomie angesagt ...»
PROTOKOLL DER TELEFONÜBERWACHUNG
ANRUFER: CHERYL COIFFURE
GESPRÄCHSPARTNER: GABRIEL LECOUVREUR ALIAS «PULP»
REF RG - DM 1761 VOM 6/1/96.

Ein Sonntag im Januar 1996.
Ein Gebäude im Pariser Stadtteil *La Défense*. Ein Zimmer mit doppelten Wänden, zwischen denen Wasser zirkulierte. Vor jedem Lauschangriff geschützt, trank die Gruppe ROMERO Champagner. Dunkelmänner der Dunkelmänner vom französischen Geheimdienst. Die Viererbande: ‹Mars›, ‹Orpheus›, ‹Ramses› und ‹Thetis›. Decknamen, deren Anfangsbuchstaben, M-O-R-T, also Tod, sie auf die Idee gebracht hatten, sich nach dem Regisseur des 70er-Jahre-Kultfilms *Die Nacht der lebenden Toten* zu benennen. Die Gruppe ROMERO stieß an.
Nicht auf den Wahlsieg vom Mai 95, nicht auf das Ende der beschissenen Großen Koalition, weder auf die Erfolge im Kampf gegen die islamistische GIA in Algerien noch darauf, daß ihre Schützlinge an die Spitze der Polizeiverwaltung befördert worden waren. Sie feierten weder die Auflösung der «Abteilung S» des Staatssicherheitsdienstes noch den unaufhaltsamen Wiederaufbau des militärischen Abschirmdienstes.
Sie tranken nicht auf das Ende von vierzehn Jahren mühsamer Sabotagearbeit ihrer «Zelle» im Élysée-Palast. Sie stießen auch nicht auf die nächsten sieben Jahre an, die noch effektiver sein würden. Diese Profis von der Allerhöchsten Polizeibehörde feierten die Ankunft von Jules, dem Sohn von Ramses, der gerade auf die Welt gekommen war. Mars brachte einen Trinkspruch aus.

«Ich erhebe mein Glas für diesen glücklichen Knaben, der dank der Mitterrand-Ära in einer neuen Welt aufwächst, in der Bigamie legal sein wird.»
Orpheus ließ die Gläser und seine Stimme erklingen.
«Und ein Hoch auf den Vater, der vor neun Monaten ein unabwendbares Komplott schmiedete, um diesen ersten, nicht allzu mißratenen Coup zu landen.»
Ramses bedankte sich, zerschnitt den Dreikönigskuchen und servierte die vier Teile.
«Verehrte Anwesenden, ich muß Ihnen ein schreckliches Geheimnis anvertrauen … Wenn ich die im Kuchen versteckte Glücksbohne finde, werde ich Thetis wählen.»
Thetis nahm die silberfarbene Pappkrone und schob sie in den Reißwolf, der mitten auf dem Tisch stand.
«Ich bitte Sie, bleiben Sie Demokraten.»
Sie brachen in Gelächter aus, scherzten noch eine Weile so weiter und versuchten dann, zur Tagesordnung überzugehen. Denn schließlich war es Sonntag abend, und den ganzen Feiertag hatten sie damit zugebracht, die politischen Folgen der Atomversuche zu diskutieren. Ein Problem war noch übrig, die Ermordung von General Taurillon. Denn keiner ihrer Dienste war imstande gewesen, vor dem Attentat Informationen zu liefern. Und wenn es etwas gab, was die Gruppe ROMERO auf den Tod nicht ausstehen konnte, war es, vor vollendete Tatsachen gestellt zu werden. Und das galt erst recht für ihre Vorgesetzten.
So etwas war ein Beweis ihrer Schwäche. Die Daseinsberechtigung dieser Dunkelmänner bestand darin, Probleme vorauszusehen und in den Griff zu bekommen. Man war sich einig, daß es absolut wichtig war, die Aktivitäten des harten Kerns der OAN (Organisation armée nationaliste) im Keim zu ersticken, einer Organisation, die sich während der letzten Legislaturperiode gebildet hatte, und zwar dank der nicht uneigennützigen, passiven Unterstützung, die

Frankreich den Serben und anderen Nationalkommunisten zukommen ließ. Es bestand die Gefahr einer Annäherung an die faschistische Front National, und dieser erste Mord war ein Zeichen für die Entstehung eines neuen terroristischen Potentials. Die Gruppe ROMERO hatte keinerlei Interesse daran, die Sache einfach laufen zu lassen. Deshalb wurde beschlossen, A. von K. zu eliminieren, der seine Hilfsquellen und Kontakte genutzt hatte, um die Ermordung des Generals zu planen. Sie schoben die Unterlagen in den Reißwolf. Thetis sah, daß die Versammelten bereits ihre Krawattenknoten hochschoben, und gebot Einhalt.

«Wenn es nicht möglich war, genaue Daten über das Attentat auf Taurillon zu bekommen, so lag das daran, daß unser Hauptinformant innerhalb der OAN durch einen Mann namens *Pulp* ausgeschaltet wurde ... Noch eine Minute.»

Mars warf den letzten Bericht auf den Tisch und seufzte:

«Das ist doch nur ein Detail.»

Am Vorabend hatte Mars den Porno auf Kanal Plus aufgezeichnet, den er sich zusammen mit seiner Frau ansehen wollte. Deshalb wurde er langsam nervös.

Orpheus bevorzugte während der beiden Filme am Sonntagabend die Masturbation, denn wie es bei ihnen hieß: «Alles oder nichts!» Angesichts der vorgerückten Stunde drohte das Nichts.

Ramses machte sich Sorgen über das Einschießen der Muttermilch und wollte zu seiner Herzensdame.

Thetis hätte diese Diskussion auch gern auf den nächsten Tag verschoben, aber als hohe Beamtin, die über geheimen Abgründen wachte, mußte sie kleinliche Angestelltenerwägungen hintansetzen. Sie ermunterte die anderen, die «Bibel» durchzublättern, die jeder vor sich liegen hatte.

«Gabriel Lecouvreur alias ‹Pulp›, 35 Jahre, geboren am 22. März – das geht ja schon schlecht los – am 22. März 1960 in Paris. Eltern bei einem Autounfall gestorben. Damit hatten wir nichts zu tun. Studium an der Uni Tolbiac. 1979 verhaftet, Anschlag auf einen rechtsradikalen Buchladen, ein guter Auftakt. Strafbataillon im Militärlager Frileuse. Waffenspezialist. Das ist schon mal nicht schlecht.»

Mars wurde ungeduldig. Orpheus gähnte und drehte ostentativ sein Dossier um. Thetis versuchte, sich kurz zu fassen.

«Luis Amaro, sein Waffen- und Munitionslieferant, ein spanischer Anarcho, genannt ‹Pedro›, dessen Name auch im Kampf gegen die GAL, die antibaskischen Todesschwadrone, aufgetaucht ist. Pulps Einkommen: einige Investmentfonds, angelegt von seinem Onkel. Keine Wahlkarte, keine Sozialversicherung. Hat zwei Jahre mit einer ehemaligen Linksradikalen zusammengelebt, genannt ‹Belle›. Trifft sie immer noch regelmäßig, sie ist krank, Aids. Lebt jetzt mit Huguette Morisset, genannt ‹Cheryl›, zusammen ... Sie hat einen Friseursalon, das ist auch der Rückzugspunkt und halbamtliche Wohnsitz von Pulp. Protokoll der Telefonüberwachung siehe Anhang A ...»

Mars wurde ungeduldig.

«Und was sollen wir mit diesem Verehrer des Kleingewerbes anfangen?»

Ramses las die letzten Zeilen der Zusammenfassung.

«Ich zitiere: *Er ist weder ein Rächer noch ein Moralapostel, sondern ein Detektiv mit etwas freieren Methoden als gewöhnlich, der gegen die Ungerechtigkeit dieser Welt revoltiert.* Also ein Klugscheißer, mit dem wir nichts zu tun haben.»

Mars wollte zum Ende kommen.

«Ein Aufrührer wie wir, prima! Unsere Aufgabe hat nie darin bestanden, Revolten zu verhindern, Gott sei Dank ..., sondern dafür zu sorgen, daß es keine Zeugen gibt für das,

was wir tun ... Entweder wir nehmen ihn anstelle von Orpheus, der am Einschlafen ist, in unsere Gruppe auf, oder ihr sorgt dafür, daß es niemals einen ‹Zeugen› gibt ...»
Orpheus sah Mars schmunzelnd an.
«Warum soll man nicht das Unangenehme mit dem Nützlichen verbinden?»
Dann hüllte er sich in vielsagendes Schweigen. Ramses platzte die Hutschnur.
«Los, bring das Kind auf die Welt!»
Alle mußten lachen. Orpheus entwarf einen brillanten Plan. Er schlug vor, die Waffe, mit der A. von K. umgelegt werden sollte, danach bei Cheryl zu verstecken. Dann würde dieser Schwachkopf von Kommissar Vergeat vom Staatsschutz durch einen notwendigen Zufall bei einer späteren Hausdurchsuchung den Zusammenhang herstellen.
«Entweder Pulp kriegt zehn Jahre Knast, oder es gelingt ihm zu verduften, und schon haben wir einen neuen Khaled Kelkal der Armen!» Kelkal, der angeblich einen Anschlag auf einen Schnellzug verübt hatte, war bei der Festnahme von den werten Kollegen erschossen worden.
Mars sah in die Runde.
«Einen Märtyrer! Und es ergeht uns wie damals Paul Barril, der nach der Bombenexplosion in diesem jüdischen Lokal irgendwelchen Iren Waffen untergeschoben hat, um schnell einen Sündenbock zu finden. Danach konnte er seinen Hut nehmen.»
Orpheus gab sich nicht so schnell geschlagen.
«Wenn man es mit einem Wicht zu tun hat, der sich zum Rächer der Enterbten aufschwingt, liegt die Wahl der Mittel in der Höhe der Zielscheibe.»
Thetis zog eine spöttische Miene.

«Seinen Feind zu unterschätzen ist ...»
Orpheus war genervt.

«Aber das ist doch kein Feind, nur ein einsamer Querkopf ... Verdammt, lies noch mal vor ...»

Thetis blätterte um.

«Genau ... Lest doch, was da steht ... Die Affäre Kerletu, drei Tote, Folter, Erpressung. (Sie blätterte weiter.) Toulon, zwei Tote und mehr ... Dieppe, ein Blutbad, und ich vergesse die Affäre mit dem Anwalt Balmard. All das in der allgemeinen Dekadenz am Ende der Mitterrand-Regierung. Wir können einen solchen rechtsfreien Raum nicht mehr dulden.»

Bei diesem Wort mußten die anderen grinsen. Unberührt von ihrer Ironie, zeigte sie drohend auf Orpheus.

«Willst du die Namen derer, mit denen sich dein angeblich einsamer Wolf regelmäßig trifft? Stinkt das in einer Zeit, in der sich der Terrorismus neu formiert, vielleicht nicht nach einer Gabriel-Bande?»

Orpheus sah nicht ein, was daran gegen seinen Plan sprach, und hob vielmehr hervor, daß diese 68er-Überbleibsel doch allen Grund hätten, A. von K. zu hassen.

Ramses fügte hinzu:

«Einerseits sollen wir die Handlanger der OAN erledigen, und andererseits sollen wir die terroristischen Keimzellen der Linksradikalen zufrieden lassen! Das ist doch Mitterrand-Politik, wie sie im Buche steht! Ich stimme mit Thetis überein (er erhob sich): Seien wir Scheiß-Demokraten!»

Es wurde einstimmig beschlossen, mit einem Schlag A. von K. und Gabriel Lecouvreur alias Pulp aus dem Verkehr zu ziehen.

Die Akten wurden in den Reißwolf befördert. Ramses sah sich noch mal die kleine Porzellanfigur an, die er im Kuchen gefunden hatte, und warf sie in den Mülleimer.

Obwohl Ramses eigentlich der Meinung war, daß der Mensch dem Menschen ein Wolf ist, verhielt er sich zu seinem kleinen Wolf doch wie eine Glucke bei ihren Küken. Seit den drei Tagen, in denen die Wiege im Zimmer thronte, hatte er alle grundlegenden Sicherheitsregeln der Gruppe ROMERO verletzt: Er hatte die Fotos von A. von K. sowie die Karteikarten und Porträts aller Mitglieder seines eigenen Netzes «Aktion und Nachforschung» mit nach Hause genommen. Sie lagen zwischen Windeln und Babycreme auf dem Bett. Regelmäßig beugte er sich über seinen Neugeborenen und fragte sich, ob das Kind nicht zu ruhig war oder etwa nicht mehr atmete.
Ein Artikel in *Der neue Papa* zum Thema Säuglingssterblichkeit hatte ihm angst gemacht. Auch wenn es sich um Ausnahmefälle handelte: Seine Arbeit, die im Moment darin bestand, die Eliminierung von A. von K. zu planen, hatte ihn gelehrt, daß die Ausnahme die Regel bestätigte.
A. von K. war sechsundfünfzig, nicht gerade schlank und sah nicht aus wie das Mitglied einer Kommandoeinheit. Die seinem Körperbau entsprechende Intelligenz hatte ihm gesagt, daß er sich nicht in vorderster Front exponieren sollte und daß Logistik im Hintergrund seine beste Lebensversicherung in der OAS und in den Diensten der Ex-PIDE des faschistischen Portugal war. Er war nie «Chef», sondern immer nur «einer von denen» gewesen, die am Waffenhandel zwischen Südafrika und der UNITA beteiligt waren.
Aber seit dem Fall der Berliner Mauer war seine schleimige und merkantile Ader, die es ihm immer erlaubt hatte, die einen gegen die anderen auszuspielen, für die Geheim-

dienste nicht mehr von Nutzen. Fett? Alter? Geld? Sexuelle Schwierigkeiten? Er hatte versucht, sich als etwas zu betätigen, was er noch nie gewesen war: als Drahtzieher. Er dachte, er könne eine internationale Organisation aufbauen, um eine neue Ordnung in einem weißen Europa zu verkündigen. Deshalb hatte er die Ermordung von General Taurillon, dem Verteidiger der Bosnier gegen die ethnischen Säuberungen, geplant und angeordnet.

Jules bewegte sich. Ramses schob vorsichtig seine große Hand unter den Nacken des Kindes und hob es hoch. Er liebkoste es, fegte mit einer Hand die Fotos beiseite, legte es auf ein Handtuch und öffnete die Druckknöpfe des Strampelhöschens. Dann kamen ihm Zweifel: Sollte er Jules vorher das Fläschchen geben oder hinterher? Eigentlich war die Ermordung des Generals als OAN-Gründungsakt für A. von K. nur ein ideologischer Vorwand. In Wirklichkeit ging es darum, daß die Aufhebung des Embargos seine geheimen Netze, über die er Waffen an die serbischen Söldner lieferte, zu zerreißen drohte. Er mußte alles tun, um diejenigen auszuschalten, die für den Waffenstillstand eintraten.

Ramses fand es lächerlich, schon wieder beim Kinderarzt anzurufen und nachzufragen, wann er das Fläschchen geben sollte. Das Beste war wohl, wenn er noch einmal das *Handbuch für den Vater* durcharbeitete. Er öffnete den Klebverschluß der Windel und fand nur eine grünliche Flüssigkeit, obwohl in *Ganz klein* beschrieben war, daß der Stuhl halbfest und goldgelb sein sollte. War es normal, daß die Nabelschnur noch nicht richtig vernarbt war? Er riß den Umschlag einer neuen sterilen Kompresse auf und griff nach dem Fläschchen mit der Jodtinktur, hielt dann aber nachdenklich inne. Sollte er nicht erst Jules' Hintern abwischen, bevor er den Bauchnabel desinfizierte? Er warf die Jod-Kompresse beiseite, die auf das Foto von A. von K. fiel.

Die Operation A. von K. brauchte einen Codenamen. Sein erster Gedanke war «Aa», aber das erinnerte zu stark an «Kacke». Dann dachte er an «Kötel» und plötzlich an braune Flecken, «Rosinen». Zwei auf einen Streich. K wie Kötel, R wie Rosine. Zwei, dachte er, und die Operation wurde «K2R» getauft.

Die Finger voller Babycreme, wollte er die Windel schließen, aber wegen der Cremereste hielten die Klebestreifen nicht. Er mußte noch mal von vorn anfangen.

Leider war es nicht möglich, einfach das Auto von A. von K. in die Luft zu jagen. Die komplizierten Vorrichtungen, die verhinderten, daß eine Bombe unkontrolliert hochging, hätten sofort verraten, wer für die Operation K2R verantwortlich war.

Um ihn in seinem Haus in Mandres-les-Roses umzubringen, müßte man die Örtlichkeiten auskundschaften. Viel zu auffällig in einer Wohngegend, in der jeder Fußgänger mißtrauisch von den Schrotflinten der Ordnungskräfte verfolgt wurde.

Das Problem mit der Jodtinktur war, daß man sich die Finger einsaute und das Zeug weder mit Wasser noch mit Seife wegzukriegen war. «Ramses-Pilatus» schrubbte gerade seine Finger mit der Nagelbürste, als das Klingeln des Telefons das Baby hochschrecken ließ. Er stürzte mit nassen Händen zum Apparat und sagte unfreundlich: «Ja?».

Seine Lebensgefährtin fragte, warum er sich im Zimmer eingeschlossen habe ... das Kindermädchen habe sie angerufen, es sei Zeit für das Fläschchen ... sie käme gleich zurück ... sie könne ja nicht mal auf einen Sprung zu ihrer Mutter gehen ... in aller Ruhe ... Hallo ... Ist alles in Ordnung?... Aber warum macht sich das Kindermädchen Sorgen?

A. von K. im Büro einer seiner Scheinfirmen umzulegen

könnte auch seine Mitarbeiter treffen. Daher kam auch keine Briefbombe in Frage: zu viele Unwägbarkeiten.

Ramses vermied vorsichtig jeden Kontakt mit dem sterilisierten Schnuller. Er mischte die vorgeschriebene Menge von hypoallergischem Milchpulver mit Wasser, verschloß das Fläschchen mit den Fingerspitzen und stellte es in den Flaschenwärmer.

Jules verzog erst wimmernd das Gesicht und ging dann schnell zu lauter Empörung über. Es klopfte an der Tür. Das Kindermädchen wollte wissen, ob alles in Ordnung sei. Er wünschte sie zum Teufel und rief laut, es liefe alles bestens. Die Milchflasche schien zu heiß zu sein, er wollte einige Tropfen auf seine Hand fallen lassen, um sie zu testen, aber es kam nichts heraus. Er sah sich verstohlen um, als ob ihn jemand beobachtete, und setzte die Flasche an den Mund, um die Temperatur zu kontrollieren. Sie war viel zu heiß und der Schnuller nicht mehr steril. Jules brüllte.

Ramses war sich bewußt, daß die Art und Weise des Mordes eine Botschaft für die Neonazis von der OAN war. Man mußte eine Hinrichtung inszenieren, die für das Umfeld von A. von K. eine deutliche Sprache sprach: «Ihr seid zu weit gegangen.» Andererseits mußte es für die im Dreck stochernden Journalisten Indizien geben, die auf eine interne Abrechnung zwischen Mafia und Terrorismus hinwiesen. Er versuchte, das Fläschchen unter dem Wasserhahn abzukühlen, probierte wieder und spuckte angewidert aus. Jetzt war es richtig.

Er beschloß, daß A. von K. mit einem Schalldämpfer aus nächster Nähe liquidiert werden sollte. Am hellichten Tag, mitten auf der Straße, direkt vor dem Eingang seines Privatclubs *Exotica* am Pigalle.

Jules wäre fast an seiner ungeduldigen Gier erstickt, er nuckelte nicht, er verschlang. Ramses entschied sich für einen seiner Leute, den «Choreographen». Ein Meter fünfundachtzig groß, seine Beschreibung entsprach der von Pulp. Er warf einen Blick auf seinen Zettel und überprüfte, ob Gabriel Lecouvreur, genannt Pulp, einen Motorradführerschein hatte. Dann betrachtete er lächelnd seinen Sohn und vertraute ihm an: «Zwei Fliegen mit einer Klappe.»

und die Liebe am Montag

1

WO SICH ZEIGT, DASS MONTAGS NICHT IMMER SODOMIE ANGESAGT IST

Horatio – Tush, Tush . . .
(Übers. Horatio – Pst, pst . . .)
Shakespeare
Hamlet, 1. Akt, 1. Auftritt

Cheryl lag ausgestreckt auf ihrem runden Bett.

Sie war nackt. Ihr herrlicher Körper lag zwischen den zurückgeschlagenen seidigen Decken wie ein Geschenk, das nur noch ausgepackt zu werden brauchte.

Die schimmernden Reflexe der Bettwäsche wirkten im Halbdunkel ihres Zimmers wie ein Schmuckkästchen, in das ihre Brüste und Hüften gebettet waren, und gaben ihren Knöcheln und der aufragenden Schulter den schillernden Glanz eines lebendigen Diamanten. Der Lichtstrahl aus dem Badezimmer ließ ihr Schamhaar wie einen goldenen Flaum erscheinen.

Die Dusche wurde abgestellt. Sie lauschte ungeduldig den Schritten von Gabriels nassen Füßen.

Sie sang vor sich hin.

«Pulp, wo bist du? Was machst du?»

Gabriel, der sich mit weißem Rasierschaum einseifte, antwortete mit ernster und dunkler Stimme.

«Ich ziehe meine Socken aus!»

Cheryl setzte ihren Singsang fort.

«Tanzen wir in meinen Laken
Solange Pulp nicht da ist
Wäre Pulp hier
Würde er ...»

Sie brach ab und fragte erneut:

«Pulp, wo bist du? Was machst du?»

Im Grunde ging Gabriel dieser Spitzname auf den Wecker. Ganz langsam zog er die Doppelklinge über sein kantiges Kinn. Weder war er glibbrig, noch hatte er Saugnäpfe. Sehr groß, schlank, athletisch. Durch den Schaum hindurch musterte er sich im Spiegel. Gewiß, zwei lange Arme, staksige Beine, eine große Nase, ein großer Schwanz, aber das machte noch keine acht Tentakeln, selbst wenn man die beiden Pranken dazurechnete, deren Form er sich genau ansah. Nein, er fand wirklich nicht, daß er wie ein Tintenfisch aussah. Trotzdem holte er seine Stimme aus ihrer Höhle und antwortete Cheryl.

«Ich ziehe meine Hose aus!»

Cheryl seufzte verliebt und setzte ihr Liedchen fort.

«Tanzen wir in meinen Laken
Solange Pulp nicht da ist
Wäre er hier
Würde er ...»

Cheryl breitete die Arme aus und streckte ihre Beine. Die Geräusche im Bad klangen wie ein Gemurmel, und im Halbdunkel konnte man die riesigen roten Lippen auf vier Marylin-Postern ausmachen und die starren Blicke der zahllosen Stofftiere in den Regalen.

Im grausamen Neonlicht sah Gabriels Ohr im Vergrößerungsspiegel extrem verzerrt aus. Er suchte unter den zahllosen Flakons nach einem bestimmten Eau de Toilette. Selbst ein toter Pulp muß geschlagen und geklopft werden, damit er eßbar wird. Er aber fühlte sich genießbar und brauchte keine weiteren Schläge als die Parfümtupfer, die

er im Nacken auftrug. Nicht als Pulp, aber vielleicht als Fuchs und Schnüffler, der er war, fiel ihm die Verpackung eines Schwangerschaftstests auf. Er sah hinein: Er war von dieser Woche, von heute, vielleicht von heute morgen. Verdammte Scheiße, diese Nacht des großen Wiedersehens bekam vielleicht strategische Bedeutung.
Er beschloß, nicht darüber zu reden, abzuwarten.
Er brummte:
«Ich ziehe meine Unterhose aus.»
Cheryl kicherte.

«Tanzen wir im Dunkeln
Solange Pulp nicht da ist
Wäre er hier ...»

Gabriel öffnete die Badezimmertür, und das hereinströmende Licht enthüllte Cheryls Nacktheit noch mehr. Er stürzte sich auf sie und rief:
« ... würde er dich ficken!»
Sie sträubte sich verliebt.
«Hör auf, du piekst!»
«Lügnerin.»
«Du bist zu schwer.»
«Das hast du noch nie gesagt.»
Sie schob ihn sanft zurück und flüsterte:
«Du hast gar nichts gesagt.»
«Du bist schön, schön wie ...»
«Aber nein ...»
Sie machte sich von ihm los und richtete sich auf.
«Siehst du nichts?»
Ihm fiel sofort der Schwangerschaftstest ein. Er streichelte ihren Bauch und murmelte: «Weiche Haut.»
«Nein, nicht da.»
Gabriel berührte ihr Gesicht, die Spitzen ihrer Brust.
«Rosige Brustwarzen, silbrige Lippen ...»
«Du siehst also nichts? Du bist ja blind.»

«Warte, ich hole meinen Blindenstock.»

Gabriel tastete.

«Ich spüre deinen feurigen Blick, deine glatten und festen Brüste.»

«Weiter unten.»

Er öffnete die Augen.

«Dein Bauchnabel.»

«Schon ganz heiß.»

Er näherte sich ihrem Geschlecht und hielt plötzlich inne.

«Was ist denn das?»

Sie ließ sich zurückfallen und rutschte auf dem Rücken bis an die Bettkante, so daß er ihr Geschlecht in Großaufnahme sah. Ihr sorgfältig ausgezupftes Schamhaar hatte die Form eines Herzens.

«Na, wie findest du das?»

Er streichelte das blonde Haar, legte seinen Mund auf die glatte Haut und seufzte:

«Fehlt nur noch ein Pfeil und unsere beiden Anfangsbuchstaben in Sperma.»

«Es gefällt dir also?»

«Ja … aber ich hoffe, daß du diesen Haarschnitt selber gemacht hast.»

Gabriel nahm sie in seine langen Arme und zog sie an sich.

«Es sei denn, du hast dein Friseurgeschäft in einen Spezialsalon umgewandelt. Die Stühle in deinem Salon sehen ja sowieso schon aus wie …»

Er biß sich auf die Zunge. Fast hätte er gesagt, «wie beim Frauenarzt». Statt dessen fuhr er fort:

«Eine angenehme Vorstellung, gespreizte Beine, Braunhaarige, Blonde. Genial. Ich wechsle meinen Beruf. Stellst du mich ein? Coiffeur pour Dames et Demoiselles. Shamponieren, Rasieren, Locke für Locke, Haar für Haar, Schamhaar mit Zöpfchen und mit Strähnchen …»

«Und als Herrenfriseurin könnte ich dir auch ein Herz machen.»

«Du spinnst wohl.»

«Dann einen Schnurrbart ... Das wäre echt männlich! Oder einen kleinen Bowler, um dich daran zu erinnern, nie unbehütet zu bleiben.»

Gabriel fand, daß sie sich gefährlich der üblichen Diskussion näherten, ob man Kondome benutzen solle oder nicht.

Das Telefon klingelte. Gabriel fluchte. Cheryl nahm den Hörer ab. Gabriel bewunderte ihren Hintern.

«Hallo ... Hallo ... (nach einer Weile) Hallo?»

Sie legte auf und drehte sich zu Gabriel um.

«Schon zehnmal heute ... Anrufe, ohne daß sich jemand meldet, manchmal ein Atmen, dann nichts. Ich hab auch Briefe für dich bekommen, etwa zwanzig, ohne Briefmarke ... Sagt dir das was?»

«Briefe für mich! Hier! In meinem Liebesnest! Davon weiß doch niemand, das ist wie mit deinem Schamhaar in Herzform, ein Geheimnis ... Es sei denn ...»

«Was?»

«Es gibt noch einen anderen ...»

Sie legte einen Finger auf seinen Mund, er knabberte daran herum und wandte sich den anderen Fingern zu, ihrer Hand, dem Handgelenk und beendete seine Liebkosungen in ihrer Achselhöhle.

«Hör auf, mein Herz so anzustarren!»

Cheryl drehte sich auf den Bauch. Er streichelte ihren Nakken. Cheryl schmolz dahin.

«Du hast mir den ganzen Monat gefehlt. Wo warst du? Was hast du gemacht? Eine Nacht bin ich weinend aufgewacht ... Ich konnte mich an nichts mehr erinnern ... Nur an dein Gesicht. Ein hartes Gesicht, so hart ... Ich liebe dich.»

Gabriel legte seinen Kopf auf ihre Lenden und vergnügte sich damit, Buchstaben auf ihren gewölbten Hintern zu malen. Sie machte das Spiel mit und versuchte, die Buchstaben zu erraten. Gabriel hielt inne und sagte ernst:
«Ich werde dir sagen, wo ich war und was ich gemacht habe … Ich weiß, daß das nicht zu unserer Absprache gehört, und ich will auch keine Gegenleistung, all das liegt mir ziemlich im Magen … Ich fürchte, daß so etwas wie dieses kleine blonde Herz letzten Endes der Grund für mein starrsinniges Schweigen war. Ich hab dich angelogen, den ganzen Monat keine Nachforschungen, keine Morde, keine Erpressungen und auch keine Begleichung alter Rechnungen … nichts von dem, was dich sonst so beunruhigt. Ich habe einen Kursus mitgemacht.»
«Worüber?»
«Während des Kursus habe ich über unsere Gespräche nachgedacht. Du hattest recht, ich bin wirklich ein eingebildeter Fatzke, wenn ich glaube, den Auftrag zu haben, die Welt zu verbessern. Ich bin nur ein Schnüffler, der in einem großen Haufen erbärmlicher Geheimnisse herumstochert. Ich will mein Leben ändern. Ich habe beschlossen …»
Gabriel atmete tief durch. Cheryl hörte aufmerksam zu.
«Ich habe beschlossen, den Laden nebenan zu kaufen, weißt du, von den Typen, die versuchen, dich zu vertreiben, und ich werde ein Geschäft aufmachen. Ein Geschäft, das meinen Mitmenschen helfen wird.»
Gabriel drehte sich um und malte mit weit ausladenden Bewegungen eine Schrift in die Luft. Er beschrieb mit seinen langen Polypenarmen das Firmenschild seines künftigen Ladens.
«In roten Buchstaben auf gelbem Hintergrund, direkt neben Cheryl Coiffure, mein Schild: PROPHET GABRIEL.»

Cheryl glaubte, sich verhört zu haben, aber zu spät, er fuhr fort:
«GABRIEL, DER HELLSEHER.»
Er griff mit beiden Händen nach Cheryls Hinterbacken und verkündete:
«Ich werde die Zukunft aus der Linie zwischen den Pobakken ablesen … Weg mit den alten Methoden. Vorwärts, wir brauchen revolutionäre Voraussagen. Ich werde der Nostradamus des Anus.»
Sie drehte sich traurig zu ihm um und sagte ganz leise:
«Gabriel, ich …»
Das Klingeln des Telefons ließ sie beide hochschrecken. Pulp hielt Cheryl zurück und griff nach dem Hörer. Er mußte sie vor diesen lästigen Schweinehunden schützen.
«Hallo … Ja … Nein.»
Er schaltete den Anrufbeantworter auf Aufnahme und drückte die Lautsprechertaste. Die Stimme aus dem Telefon erklang im Zimmer. Eine Frauenstimme.
«*Pulp, ich weiß, daß du es bist … Du mußt mir helfen.*»
Gabriel fragte, wer dran sei … versuchte herauszukriegen, wer da mit langsamer, verrückt klingender Stimme die folgende Botschaft durchsagte:
«*… Ich muß die Fangarme festhalten und ihn ausnehmen. Eine Kralle ist nichts im Vergleich mit einem Saugnapf. Die Kralle ist das Biest, das in euer Fleisch eindringt, der Saugnapf, das seid ihr selbst, die ihr in das Biest eindringt.* (Hastiges Atmen.) *Eure Muskeln schwellen an, die Muskelfasern verkrampfen sich. Eure Haut platzt …* »
Gabriel war geschockt, spürte die Drohung und versuchte vergeblich rauszukriegen, wer da sprach, er wurde nervös … Cheryl riß ihm den Hörer aus der Hand und schrie, das sei doch eine Verrückte.
 Die Stimme sprach weiter.
«*Eure Haut platzt unter dem ekelhaften Druck, euer Blut spritzt*

heraus und vermischt sich in scheußlicher Weise mit der Lymphe des Weichtiers. (Schweigen.) *Die Hydra dringt in den Körper des Menschen ein, der Mensch verleibt sich die Hydra ein. Ihr seid nur noch eins. Dieser Traum handelt von euch.*»

Gabriel hatte wieder zum Hörer gegriffen. Es wurde aufgelegt. Er stieß einen Fluch aus und starrte auf den Anrufbeantworter. Dann spulte er das Band zurück und hörte die ganze Kassette ab. Plötzlich erkannte er die Stimme seiner Ex: Belle.

Cheryl, bist du da … Heb ab … ich bin es … ruf mich an … es geht … mir heute abend etwas besser … bis … bis … Ich umarme dich, Belle.

Die folgende Nachricht stammte von Gabriel:

Hi, Cheryl, laß Lockenwickler und Trockenhaube fallen, dein Schlafgast ist wieder zurück … Ich versuch, dich im Salon zu erreichen … Ich hoffe, du hast Zeit und … Lust und bist geil auf mich heute abend. Vergiß nicht, Montag ist Sodomie angesagt.

Laute Piepstöne, dann das Gespräch, das er gerade aufgenommen hatte.

… Pulp, ich weiß, daß du es bist … Du mußt mir helfen … Hallo, wer spricht da?… Hallo … Wer spricht da … Ich bin's … Wer ich?… Ich muß die Fangarme festhalten und ihn ausnehmen. Eine Kralle ist nichts im Vergleich mit einem Saugnapf …

Die Stimme sprach weiter, Gabriel schloß die Augen und konzentrierte sich. Auf dem Vorhang vor dem Fenster erschien ein gelber Schatten, der durch die Scheinwerfer eines Autos hervorgerufen wurde.

Das Aufzeichnungsgerät zeigte in roten Ziffern *1.16* an. Cheryl rührte sich nicht. Dann stand sie auf, wühlte zwischen den Stofftieren und warf Gabriel etwa zwanzig Umschläge vor die Füße. Sie verschloß die Champagnerflasche und brachte sie in den Kühlschrank. Helles Licht fiel auf ihr blasses Gesicht. Sie kehrte zum Bett zurück und legte sich unter die Bettdecke. Die Nachricht war zu Ende. Gabriel fragte sie, fragte sich.

«Glaubst du, das ist Belle?»

«Nein, sie nicht. Belle ist viel zu krank, sie ist verrückt vor Angst, weil sie ihr gleichzeitig AZT und ddI verabreichen. Sie wollte dich sehen, wollte, daß du sie anrufst, um rauszukriegen, ob sie den verdammten Krankenbericht unterschrieben hat. Belle war das ganze Wochenende hier ... Belle fühlt sich ... Belle erstickt fast an ihrer Angst, aber sie spricht wenigstens darüber, sie ... nicht so wie du.»

«Hör mal, Cheryl, ich hab keine Ahnung, wer die junge Frau ist, die anruft ...»

«Du weißt, daß sie jung ist!!!»

Gabriel zuckte mit den Schultern. Er hatte es immer vermieden, mit Cheryl über andere Frauen zu sprechen. Und er hatte es immer vermieden (und vermied es immer noch), sich allzusehr über das langsame Sterben von Belle auszulassen. Er sah sich die Umschläge an und wußte nicht, mit welchem er anfangen sollte. Kein Poststempel, kein Datum. Daher öffnete er den, der obenauf lag, und faltete Blätter auseinander, die mit Tintenfischen vollgekritzelt waren, in Rot, in Schwarz, große, kleine, durchgestrichene Seiten. Schweigend las er einen Abschnitt.

«*Ich 20 Jahre Sie 38 Jahre.*

Sie haben sich niedergesetzt und blicken aufs Meer.

Sie unterhalten sich.

Sie – Du sagst, daß du lieber eine platonische Beziehung möchtest, aber du redest die ganze Zeit vom Vögeln.

Ich – Das ist normal, denn jetzt kenne ich es, ich hab noch nie so was erlebt.

Sie – Du glaubst, daß die anderen es erlebt haben, was hat (unleserlich) schon vom Leben. Daß er weiß, wie gevögelt wird?

Ich – Ich bin nun mal lebendig, und es ist normal, daß ich Lust habe und begehre.
(Dann mit Filzstift durchgestrichene Sätze, mit Bleistift gezeichnete Tentakeln. Eine mit Tesafilm aufgeklebte getrocknete Alge.)
Ich hoffte, ich hoffe, Du könntest, Du kannst mich treffen ohne daß es Dir viele Umstände macht, denn ich habe schon zehn Tage kein Glück (sic) mehr gehabt daß wir uns aussprechen können und ich will mit Dir über Dich über uns sprechen.»

Gabriel las, er wußte Bescheid, aber er schwieg. Diese junge Frau, diese Stimme, das war Annick, die Nichte von Jean-Marie Le Goff, die er in Kerletu getroffen hatte.* Annick war lebenslustig gewesen, tatkräftig, unabhängig, ziemlich schön, genauer gesagt: gesund.
Als Gabriel die anderen Briefe öffnete, verstand er gar nichts mehr, oder schlimmer noch, er glaubte zu verstehen, daß es sie aus der Bahn geworfen hatte, daß er, Pulp, die Hand von Husson in eine Zange genommen und, um ihn zum Geständnis zu zwingen, das erste Fingerglied und dann den ganzen rechten Zeigefinger abgeschnitten hatte. Beim dritten Brief war er sich sicher, daß sich die Erinnerung an die Schreie, die Zange, das Blut und an ihre sexuelle Beziehung zu einer unglaublichen Liebeserpressung vermischten. Masochismus und Sadismus waren wie durch einen Riß in sie eingesickert und hatten von ihr Besitz ergriffen, denn, wenn er Annick richtig verstand, lebte sie nur noch in diesem blutigen Alptraum und im Begehren, ihn wiederzusehen.
Gabriel seufzte und ließ die Briefe mit unbekümmerter Miene fallen, als wären sie völlig uninteressant. Beiläufig gab er Cheryl eine Seite, auf der nur Zeichnungen und un-

* Siehe Patrick Raynal, *Pulp und der Riß im Beton.*

verständliche Satzanfänge waren. Die anderen Briefe öffnete er vorerst nicht, da er fürchtete, daß sie immer konkreter werden würden und keine Ausreden mehr zuließen.

Cheryl überflog den Brief.

«Kennst du sie?»

«Nie gesehen … Eine Durchgeknallte …»

«Aber wie ist das möglich? Sie kennt deinen Namen, hat meine Adresse rausgekriegt. Hältst du mich für bescheuert?»

«Da ich niemals unter meinem richtigen Namen ‹arbeite›, kann das nur eine sein, der ich mal über den Weg gelaufen bin. Aber ich weiß nicht, wo und wann.»

«‹*Du, der nachforschst, spionierst, herumstöberst …*›, du weißt plötzlich nicht, wer das sein kann, und warum sie schreibt?»

«Nun … ich habe schon eine Idee … aber …»

«Aber?»

«Da du den Champagner weggestellt hast, fürchte ich, daß ich nicht mal mehr ein Bier kriege.»

«Bedien dich.»

Gabriel rührte sich nicht. Es war eine echte Katastrophe. Wie konnte Annick seinen Nachnamen und seine Geheimadresse bei Cheryl kennen? Wieso kamen die Briefe ohne Briefmarke an?

«Ich sehe nur eine Möglichkeit, es ist eine Kundin oder eine Praktikantin von dir …»

«Die dir schreibt?»

«Aber sie schreibt ja nicht, das ist doch nichts, das ist irre, bekloppt … Das ist eine Verrückte.»

«Hör mal … Ich liebe dich, das habe ich dir gesagt, also lüg mich nicht an.»

Das Schweigen lastete schwer und dauerte lange.

«Vor allem nicht jetzt. Regel deine Weibergeschichten alleine, und laß mich, meine Freundinnen und den Salon aus dem Spiel ...»

Wieder das verdammte Telefon. Cheryl hob ab und wikkelte sich in die Bettdecke, so daß Gabriel nicht einmal mehr ihren Hintern sehen konnte. Alles lief falsch. Cheryl sagte kein Wort. Nichts geschah. Cheryl schaltete den Anrufbeantworter ein. Man hörte ihre Ansage, dann einen Piepton, und die Kassette lief an. Die Stimme von Annick Le Goff wurde aufgezeichnet.

«Ich muß die Hand in das Tier stecken. Seine Eingeweide herausnehmen ... sein Auge, seinen papageienschnabelartigen (ein Auflachen) *Kiefer, aber wenn er schon gewaschen ... und tiefgefroren ist, ist der Arme ganz blaß ... leicht gummiartig und fade* (Atmen)*, ich hätte lieber einen Oktopus oder einen Kalmar nehmen sollen als den zäheren Pulp, denn man muß ihn mit den gewohnten Techniken weichklopfen* (sie buchstabierte), *mit den G-E-W-O-H-N-T-E-N T-E-C-H-N-I-K-E-N ... wie zum Beispiel* (Atmen, eine Pause) *auf den Felsen schlagen* (Pause) *oder im Mörser weichklopfen* (Pause) *oder ihn mit einer Zange bearbeiten und mit ...»*

Gabriel stellte ab. Cheryl starrte an die Decke, dann riß sie plötzlich das Telefon aus der Steckdose. Sie drehte sich um und flüchtete in ihr Kopfkissen. Gabriel verfluchte Annick und schloß das Telefon wieder an.

«Falls Belle anruft, ist es besser, wir sind erreichbar.»

Er versuchte, sich ihr vorsichtig zu nähern, aber sie war jetzt ganz in ihre Decke eingewickelt.

«Ich schwöre dir, daß ich sie nicht kenne ... noch nicht, aber ich werde alles tun, damit das aufhört.»

Cheryl hob den Kopf und zischte: «Scheißegal, dieses Weibsstück ist mir scheißegal.»

«Dann beruhige dich doch.»

«Ich bin ruhig.»

Sie zog sich erneut in die Federn zurück.

Im folgenden Schweigen fühlte Gabriel sich plump, schwer, zähflüssig, er hatte das Gefühl, in der Matratze zu versinken, seine Glieder waren tonnenschwer, Tonnen von Schlappheit und Niedertracht, er fühlte sich wie ein Pulp.

Cheryl weinte. Er legte den Arm um sie und flüsterte:

«Was hast du?»

«Nichts.»

«Wenn du sagt, du hast nichts ... dann ist es ganz schlimm, dann hast du alles ...»

«Nein. Nichts, sag ich dir ... Laß mich, du tust mir weh.»

«Nun hör mal auf, meine Schöne ... Sei nicht ungerecht, ich hab doch gar nichts damit zu tun.»

«Wenn du nichts damit zu tun hast, hast du alles damit zu tun.»

Gabriel versuchte, die Lage zu erfassen. Und die Lage war völlig beschissen. Seine Rückkehr hatte sich in ein Fiasko verwandelt. Cheryl weinte und hatte allen Grund dazu. Je mehr sich die Dinge zuspitzten, um so geringer wurde seine Chance, problemlos an den Kühlschrank zu kommen und sich ein Bier aufzumachen. Sein Schlupfwinkel war aufgeflogen. Annick würde ihn nicht mehr loslassen. Die Diskussion mit Cheryl würde sicher weitergehen und komplizierter werden. Also versuchte er aus rein taktischem Interesse ein letztes Manöver, das die Lage entspannen und Cheryl besänftigen sollte, so daß er vielleicht doch noch zu seinem Bier kam. Er atmete tief durch und forderte das Schicksal heraus.

«Soll ich dein Lieblingsvideo einlegen?»

Da Cheryl nicht antwortete, ging er zum Videorekorder und schaltete den Bildschirm ein. Der Ton war falsch eingestellt, und der erste Satz von Frédéric Mitterrand, der das Leben von Marilyn Monroe kommentierte, dröhnte durch das Zimmer.

«Zu dieser fahlen Morgenstunde, als der Nebel sich mit dem Grau der verlassenen Lagerhäuser mischte, wurde ...»
Mit einem Ruck richtete Cheryl sich auf, riß Gabriel die Fernbedienung aus den Händen, stellte den Ton ab und drehte dem Bildschirm den Rücken zu.
Gabriel wußte es ja, Gabriel hatte ja verstanden. Aber dieses ungewöhnliche Verhalten machte ihm endgültig klar, daß es ernst war, daß die Nacht rabenschwarz, das Bier fern und Cheryl bis auf weiteres stinksauer war.
Denn darauf zu verzichten, sich zum tausendsten Mal die Marilyn-Kassette anzuschauen und der zuckersüßen Stimme von Frédéric zu lauschen, das war das Ungewöhnlichste, was seine Cheryl jemals tun konnte.
Der bläuliche Schimmer der stummen Bilder beleuchtete flackernd die Schnauzen von Tigern, Löwen, Koalas und Känguruhs, die das Bett in undurchdringlichem Schweigen umlagerten.
Cheryl sprach. Sprach.
Davon, daß er ihr nichts vormachen konnte. Daß sie spürte, wenn er log. Von ihrer Zuneigung für ihn. Aber Gabriel würde sich ja aus ihr, aus ihnen beiden, aus niemandem etwas machen. Unter fadenscheinigen Vorwänden nahm er immer wieder Reißaus. Gabriel würde sich amüsieren, während sie hart arbeitete, denn sie wollte etwas für sich und für sie beide schaffen.
Wenn überhaupt, redete Gabriel, nur von seiner Blechkiste, diesem verrosteten Schrotthaufen aus den dreißiger Jahren, diesem Flugzeugwrack, das niemals fliegen würde, sie würden niemals zusammen nach La Réunion aufbrechen. Nie gingen sie ins Theater oder ins Kino, er interessierte sich nicht für den Salon und nicht für den Nachbarladen, dessen Besitzer sie vertreiben wolle. Nie wollte er mit Camille Albane essen gehen und vom Franchising im Friseurgeschäft hätte er eh keine Ahnung.

«Nichts, Gabriel, du tust nichts für mich, und erst recht nicht, wenn wir miteinander schlafen.»
Gabriel hätte sich gern in eine Tintenwolke gehüllt und den Rückzug angetreten, um dann zwischen den zahllosen Stofftieren zu verschwinden und sich in einen abwaschbaren Plüschkraken zu verwandeln.
Aber seine Geliebte war entschlossen, die Diskussion auf die Spitze zu treiben. Und was er befürchtete, trat ein.
«Seit gestern weiß ich, daß ich schwanger bin.»
Gabriel hatte nicht mal die Gelegenheit zu fragen, ob das auch sicher sei, ob das Kind von ihm sei, was sie machen wolle. Er brauchte nicht mal die Gründe zu nennen, die ihn dazu brachten *zu denken, daß das in ihrer Lage vielleicht nicht das Beste wäre*. Cheryl fuhr gleich fort.
«Da ich weiß, daß all deine Argumente nur hohles Geschwätz sind und schlichtweg nichts anderes, bitte ich dich, die Klappe zu halten. Ich werde eine Abtreibung machen.»
Gabriel hatte in keiner Weise mit dieser Wendung des Gesprächs gerechnet, und so war er einfach ein Opfer des Schicksals und hatte keine Gelegenheit, sich in einer Tintenwolke zu verstecken. Sein Pulpweibchen hatte sich schon davongemacht.
Er hätte höchstens sagen können *Ja, ich will dieses Kind* oder vielleicht *Behalten wir es*. Gabriel sagte nichts dergleichen, beziehungsweise er sagte genau folgendes:
«Wann ist der Termin?»

2

WO SICH ERWEIST, DASS DIENSTAGS KEINE SODOMIE ANGESAGT IST

Hamlet – Ay, madam . . .
(Übers. Hamlet – Jawohl, Madam)
Shakespeare
Hamlet, 1. Akt, 2. Auftritt

Als Gabriel mit der Eisenkurbel in der Hand auf die Straße trat, um das Metallgitter am Eingang von Cheryl Coiffure hochzuziehen, fiel ihm sofort der Typ auf der anderen Straßenseite auf.

Und zwar nicht «Stehlampe junior», ein Obdachloser, der am Eingang von FRANPRIX seit einiger Zeit «Stehlampe senior» ersetzt hatte. Nein, es war dieser stämmige, etwa vierzigjährige Typ im grauen Staubmantel, der ihm komisch vorkam. Gabriel sah sofort nach den Einzelheiten: die Beule des Holsters oder die Bequemschuhe eines Zivilbullen. Er fand noch immer keine Erklärung, kurbelte weiter und beobachtete ihn in der Fensterscheibe, während er diese von ihrem eisernen Vorhang befreite. Gabriel ließ das Gitter oben einrasten und drehte sich um, um sich diesen nicht ganz passablen Passanten genauer anzusehen. Da spürte er ein Küßchen auf der Wange. Véronique, Cheryls Praktikantin, hatte sich auf die Zehenspitzen ihrer Plateauschuhe gestellt, um das lange Monster zu umarmen.

«Du solltest dich mal kämmen. Mit deiner wirren Mähne bist du ja der reinste Kundenschreck!»

Gabriel streckte die Arme aus und mimte eine Vogelscheuche. Dabei behielt er den Typen im Auge.

«Nicht für alle, meine kleine Véro, nicht für alle.»

«Sag nicht immer, daß ich klein bin!»

«Ich hab dich mit einer Rose in der Hand im Fernsehen gesehen.»

«Wieso, wo denn?»

«Vor dem Haus von Mitterrand.»

«Das kann doch nicht sein!»

«Danach hast du bestimmt heulend auf der Place de la Bastille gestanden und dich in die Kondolenzliste eingetragen … Traurige Sache das …»

Gabriel schluchzte laut auf.

«Ja, ja, die arme, bedauernswerte Mitterrand-Generation … Hu, hu, hu …»

Sie schob ihn in den Laden und machte Cheryl ein Zeichen, daß er nun endgültig durchgedreht sei. Véronique bückte sich und hob die Post auf. Stille. Sie kam mit einem Haufen Briefe auf Gabriel zu.

«Die sind wieder für dich.»

Alle hatten die unfrankierten Umschläge sofort erkannt. Gabriel drehte sich zu Cheryl um.

«Da siehst du, daß Véro mir diese Briefe schreibt! Sieh mal, sie hat eine ganze Handvoll davon.»

Cheryl fand die Bemerkung nicht besonders witzig. Während sie ihren Mantel anzog, sprach sie mit Véronique die Termine durch.

Das Telefon klingelte. Gabriel hatte sich in einem Drehstuhl niedergelassen und beobachtete im Spiegel die Straße. Cheryl legte auf, genervt von diesem neuerlichen Anruf, bei dem sich niemand meldete. Sie wandte sich an Gabriel.

«Falls Véro dir diese Briefe schreibt, so ist sie es jedenfalls nicht, die anruft.»

Véronique sagte dazu nur:

«Ohne dich beleidigen zu wollen, Cheryl, aber Gabriel ist wirklich nicht mein Typ … er ist … er ist so groß und hat so … schweinisch.»

Gabriel stand abrupt auf, stieß dabei gegen eine Trockenhaube und fegte eine Reihe von Haarbürsten zu Boden.

«Ist das vielleicht dein Typ? Der Kerl da drüben vor FRANPRIX!»
Véronique antwortete, ohne einen Blick aus dem Fenster zu werfen.
«‹Stehlampe› wär schon besser als du, nicht so verdorben, und bestimmt romantisch, wo er doch immer in seinem Walkman Musik hört.»
Gabriel packte die beiden an den Schultern. Cheryl zuckte bei der Berührung zurück.
«Nicht ‹Stehlampe›, ich meine den Stämmigen mit dem rasanten Haarschnitt, kennt ihr den?»
Cheryl machte einen Schritt in Richtung Kasse und sah sich den Fußgänger an.
«Ich glaub, den hab ich am Samstag schon mal gesehen.»
Gabriel wartete nicht das Ende ihres Satzes ab. Er war bereits draußen und ging auf ein kleines blaues Plakat zu, das auf die blitzblanke Fensterscheibe von FRANPRIX geklebt war. Er beachtete weder den Mann im Staubmantel noch ‹Stehlampe junior›, sondern fixierte den Werbetext, bis er lesen konnte: *Gratis-Taufe – Jeden Freitag um 20.30 Uhr – Tauchen Sie mit Léo Mare!* Er wandte sich dem Mann in Grau zu. Die Schlagzeile in der Zeitung des Obdachlosen lautete: EIN GLÜCKLICHER TOD?
Cheryl und Véronique sahen erstaunt, wie der Mann ohne Walkman Pulp freundlich begrüßte und mit ihm sprach. Er steckte die Hand in die Tasche, aber Gabriel griff sofort nach seinem Handgelenk. Der Mann ohne Walkman stammelte ein paar Entschuldigungen und zog ein Taschentuch hervor, er weinte.
Gabriel legte ihm den Arm auf die Schultern, schüttelte ihm dann die Hand und sah ihm nach, als er sich entfernte.

Dann zog er einen 50-Francs-Schein heraus, drückte ihn ‹Stehlampe junior› in die Hand und flüsterte ihm einige

Worte zu. Der Obdachlose blickte lächelnd zu Cheryl und Véronique hinüber.
Gabriel kehrte in den Laden zurück. Das Telefon klingelte, Véro hob ab und legte fluchend wieder auf.
Gabriel starrte den Telefonhörer an, dann Cheryl und verkündete die Neuigkeit.
«Maryline ist tot.»
Das war der Tropfen, der das Faß zum Überlaufen brachte. Das war ein Wort zuviel: Cheryl explodierte.
«Verschwinde, hau ab, los, hau ab, sag ich dir!»
Gabriel versuchte zu erklären.
«Das ist kein Witz, Cheryl. Erinnerst du dich an diesen großen Transvestiten mit dem schönen Dalmatiner, der beim Moulin Rouge auf den Strich ging?»
«Maryline?»
«Genau ... Der Typ da drüben war sein Augenstern oder Lebensbegleiter. Er ist vorbeigekommen, um uns zu sagen, daß Maryline tot ist. Er hat ihn oft hierher begleitet.»
«Maryline kam jeden Dienstag, so gegen zwei Uhr ... Scheiße, das Leben ist doch beschissen. Das ist deine Schuld, ich hätte die beiden mal einladen sollen, sie wollte mir Thierry unbedingt vorstellen ... Scheiße ... Nun ist es zu spät ... Gibt es eine Beerdigung?»
«Ja.» Er zögerte. «Nein ...»
Cheryl fühlte sich noch niedergeschlagener. Sie überraschte sich bei dem Gedanken, daß es vielleicht solche Tage wie diesen gab, an denen das gesamte Elend der Welt über einen hereinbrach, und obendrein fing dieser Scheißdienstag gerade erst an. Ihr Abtreibungstermin im Krankenhaus war um ein Uhr. Sie nahm ihre Tasche.
Gabriel begleitete sie. Sie gingen schweigend nebeneinan-
 der her. Cheryl sah in die Rue Truillot, eine Sackgasse, und stellte erstaunt fest, daß ihr Peugeot nicht da war. Eigent-

lich war der Wagen leicht auszumachen, da alle Kotflügel und Beulen mit roter Rostschutzfarbe bepinselt waren. Sie gingen am Tabakladen Popincourt vorbei, und Cheryl inspizierte die nächste Straße. Sie rief aus:

«Spinne ich, oder was ist los? Er war da, ich bin ganz sicher!»

Gabriel sah noch einmal aufs Straßenschild: Passage de l'Asile, die zu Recht so benannte Irrenhausgasse. Cheryl ging verblüfft um ein riesiges, in Packpapier gewickeltes Geschenkpaket herum. Anscheinend ihr Auto, das à la Christo verpackt und mit einer wunderschönen gelben Schleife verziert war. Auf der Verpackung stand neben einer handgemalten Bombe das Anarchistenzeichen: ein A im schwarzen Kreis.

Cheryl fand das Ganze überhaupt nicht lustig und schimpfte auf Gabriel ein.

«Du hast anscheinend nichts Besseres zu tun!»

Gabriel schluckte. Alles war besser, als verrückt loszulachen. Er sah sich das A wie Anarchie an und dachte an A wie Annick. Als er die Verpackung runterriß, stieß Cheryl einen Schrei aus. Auf der Windschutzscheibe prangte ein großer toter Tintenfisch. Gabriel versuchte, sie zu beruhigen. Vergeblich. Cheryl hatte auf dem Absatz kehrtgemacht und hielt ein Taxi an. Er lief ihr nach und wollte mit einsteigen. Ihre Augen funkelten vor Wut.

«Ich geh allein ... Das ist besser so.»

«Aber ...»

Cheryl nannte dem Fahrer die Adresse des Krankenhauses. Gabriel wollte ihr Geld geben, aber Cheryl knallte die Tür zu, ohne einen Blick auf die Scheine zu werfen.

Das Taxi entfernte sich.

Gabriel ging in die Passage de l'Asile zurück.

Die Gaffer verstanden nicht, warum eine solche Schrottkiste als Geschenk verpackt war.

Ein Schwarzer in der grünen Latzhose der Stadtreinigung fegte den Tintenfisch mit seinem Besen in den Rinnstein. Gabriel hatte mit seinen fünfunddreißig Jahren plötzlich Lust, auf den lebendigen Pulp einzuschlagen, den er in sich spürte. Cheryl war allein losgefahren.

3

und die Liebe am Montag

WO ENDGÜLTIG BEWIESEN WIRD, DASS DIENSTAGS KEINE SODOMIE ANGESAGT IST

Ophelia – No more but so?
(Übers. Ophelia – Sonst nichts als das?)
Shakespeare
Hamlet, 1. Akt, 3. Szene

Ein großer Hydraulikpoller versperrte das obere Ende der Fußgängerzone Montorgueil. Ein Fahrer tobte in der Kabine seines Lieferwagens.
«Mein Name ist René. Das Kennzeichen lautet 747 AP 75. Hast du das?»
Er brüllte in die Sprechanlage.
«Fahr endlich diesen Pimmel runter! Du Arschloch!»
Eine hochnäsige Stimme wiederholte unablässig: «Sie müssen umdrehen, die Ausfahrt ist nur über die Rue Léopold Bellan erlaubt.»
Polizisten und Wachmänner standen um den Lieferwagen herum.
In diesem Stadtteil wurde der Plan *Vigipirate* zur Dauereinrichtung. Eine Art Ringfahndung, an der sämtliche Überwachungseinheiten beteiligt waren. Überdies Magnetkarten, Zahlencodes, Sprechanlagen, Panzertüren: Das Viertel schützte sich vor den «gefährlichen Klassen».
Gabriel kehrte um. Er war sich sicher, daß er verfolgt wurde. Aber er hatte noch nicht rausgekriegt, wer ihm auf den Fersen war.

Falls es die Bullen waren, so wußten sie jedenfalls, daß er in die Rue Bachaumond zu seiner früheren Freundin Belle wollte. Es hatte also keinen Sinn, sie abzuschütteln, oder höchstens, um ihnen klarzumachen, daß er wußte, daß er überwacht wurde. Aber dafür schien es ihm noch zu früh zu sein. Wenn es sich allerdings um eine andere Gefahr handelte, dann würde sich das gleich auf der Treppe zu Belles Wohnung zeigen. Er tastete unwillkürlich nach seiner nichtvorhandenen Knarre, stieß die Tür einer Telefonzelle auf, klopfte leicht auf den Stapel Umschläge in seiner Jackentasche und wählte die Vorwahl von Kerletu in der Bretagne. Gabriel beobachtete die Schaulustigen, die die Begegnung von fünfzehn Tonnen Hähnchen der Marke ‹Label Rouge› mit fünfzehn Tonnen Bullen Marke ‹Schwachkopf› verfolgten, die soeben die Türen des Hähnchenlasters aufbrachen.

Mary-Lou Le Goff hob ab. Gabriel täuschte einen belgischen Akzent vor und stellte sich vor.

«Van Pulpen aus Brüssel ...»

Mary-Lou freute sich über den Scherz, konnte ihm nach einigen Sätzen aber nur sagen, daß ihre Nichte seit zehn Tagen aus Kerletu verschwunden war.

«Annick hat weder eine Adresse noch eine Telefonnummer hinterlassen.»

Gabriel merkte, daß er mehr über Annick wußte als Mary-Lou.

Er verfiel wieder in den belgischen Akzent und wimmelte ihre Fragen ab, murmelte was von einer heißen Story.

«Ich versuche rauszukriegen, wann Mitterrand wirklich gestorben ist.»

Gabriel war ein Typ in der Menge aufgefallen, ziemlich groß, eine Schirmmütze mit Feder, eine recht auffällige Verkleidung, aber das war oft das beste Mittel, keinen Verdacht zu erregen.

Es regnete. Gabriel stieß die Tür zu Belles Haus auf, ließ die innere Eingangstür halb offen stehen, stieg hinauf in den zweiten Stock des verrotteten Gebäudes, kauerte sich in einen Winkel hinter der Treppe und wartete.

Alles war schrottig, die Glühbirne war kaputt. Auf den Treppenstufen lagen gebrauchte Spritzen und eine Methadon-Verpackung. Es stank. Gabriel dachte bei sich, man müsse sich entscheiden: entweder eine perfekte Treppenhausbeleuchtung, blitzsaubere Tapeten, Zierleisten und alle Arten von Sicherheitssystemen für luxusmodernisierte, unerschwingliche Altbauten, wo auf den Gehwegen die Putzkolonnen mit Hundekoteinsammelmaschinen wetteiferten, damit man nicht mehr zu Boden sah, sondern in die mit Ramsch gefüllten Schaufenster blickte; oder aber diese fröhliche Absteige für Mieter, die nur noch auf den Tod warteten. Er zog die Hundescheiße vor und dachte, daß die Treppe angenehm nach Pisse duftete.

Niemand war ihm gefolgt, oder es waren doch die Bullen. Sie kannten diese Adresse gut genug und brauchten nicht bis ins Haus zu kommen. Die Gründe für diese Verfolgung machten ihn nervös. Aber vielleicht war er auch nur völlig überdreht wegen der Spannungen mit Cheryl.

Er stieg hinauf, klingelte und öffnete die Tür mit seinem Wohnungsschlüssel und blieb unwillkürlich einen Moment stehen. Die Hitze verschlug einem den Atem, und die Räume wurden nur durch das Licht des trostlosen Regentages erleuchtet, das überdies von zwei Vorhängen gedämpft wurde. Er ging um die aufgehäuften Kleidungsstücke herum und landete direkt vor Belles Bett.

Belle schloß mühsam einen gelben Plastikordner, rund um das Bett lag zerknülltes Papier.

Gegenüber vom Bett lief der Fernseher ohne Ton, daneben lag ein Haufen unentwirrbarer Dinge. Schlecht verschnürte Kartons, Stapel von zusammengeknüllter Wäsche. Eine kaputte Waschmaschine, über und über mit getragenen Kleidungsstücken bedeckt. Mehrere einzelne, nicht zusammenpassende Latschen, leere Plastikflaschen. Im Hintergrund, im Dunkel, die kleine Küche und die mit Geschirr vollgestellte Durchreiche. Das Telefon in Reichweite, Arzneimittelschachteln, drei ungestrichene Sperrholzschubladen. Ein blaßblaues Bett, eine bis zum Gesicht hochgezogene Tagesdecke, zwei zerknautschte Nackenrollen. Belle. Eine braune Haarsträhne schweißverklebt. Sie sah Gabriel mit glänzenden Augen an und sagte ruhig mit leiser Stimme:

«Was zum Teufel willst du denn hier?»

«Dich besuchen ... dich sehen.»

«Warum bist du nicht bei Cheryl?»

«Sie hat eine Verabredung und ...»

Belle unterbrach ihn.

«Genau ... Warum bist du zu *dieser Verabredung* nicht mit ihr gegangen?»

Gabriel begriff, was Belle meinte.

Man konnte ihr nur schwer was vormachen. Das hatte er mühsam in den zwei turbulenten Jahren ihres Zusammenseins gelernt. Und außerdem machte der Ernst der Lage die kleinen Alltagslügen überflüssig.

Er sagte ihr also die Wahrheit.

«Sie wollte, daß ich sie allein lasse.»

«Und das hast du geglaubt?»

Belles Krankheit belastete die Atmosphäre, die großen Lügen waren unaussprechlich geworden, außer zum Thema ihres absehbaren Todes. Alles andere war gesagt oder abgehakt.

Gabriel räumte einen Stuhl neben dem Fernseher frei. Zu seinen Füßen entdeckte er ein zusammengeknülltes Blatt mit seinem Namen. Er schauderte. Belle schluckte eine Tablette, entspannte sich, fiel in ihre Kissen zurück und sprach.

«Du hast das natürlich geglaubt! Genauso wie du mir geglaubt hast, als ich dir sagte, daß mir all die Geschichten über deine Polikarpow I-16 auf den Wecker gingen. Aber ich hab das nur gesagt, damit du mich zu Gégés Hangar mitnimmst, damit du mich bittest, die Parole *Für Stalin!* am Cockpit nachzupinseln. Damit du mit mir über Reisen sprichst ... Damit du mich bittest, damit du mich zu etwas zwingst ... Um dich dazu zu bringen, mich um etwas zu bitten. Damit du überhaupt ein Gefühl zeigst. Aber du, du hast immer sofort nachgegeben ...»

Gabriel wußte nicht mehr, ob er Lust hatte, sich hinzulegen oder zu gehen. Er starrte auf die abblätternde Wand, auf die Salpeterbeulen.

«Dir war es ganz recht, wenn ich nicht mit zu deinen Pokerrunden kommen wollte, obwohl es mir lieber gewesen wäre, wenn wir statt dessen essen gegangen wären, ganz gleich, ob mexikanisch oder indisch. Gabriel, du bist so dämlich und so leicht zu durchschauen, es ist zum Kotzen. Cheryl hat dir gesagt, daß sie allein ins Krankenhaus gehen will. Aber doch nur, damit du mitkommst, dich um sie kümmerst ... Dein sogenannter Respekt vor ihrer Freiheit dient nur dazu, dir deine eigene zu bewahren!»

Belle atmete tief durch und fuhr fort.

«Auch ich wollte allein sein. Ich hatte solche Angst, Gabriel, solche Angst. Die Metro, der Bus und dann noch der Bus nach Créteil. Am Eingang des riesigen Krankenhauses ... *Stellen Sie sich an, ziehen Sie ein Ticket, und warten Sie, bis man Sie aufruft*. Die Angestellten saßen in ihren Glaskästen hinter ihren Computern auf ihren Stühlen ... *Name, Anschrift, Sozialversicherungsnummer, Ihre Karte ist nicht mehr gültig, Sie müssen 850 Francs bezahlen, die Sie sich später erstatten lassen können.*» Belle schloß die Augen.

«Ich bin zu Block G gegangen, vierte Etage, Fahrstuhl, erster, zweiter, dritter Stock, Gynäkologie, jemand ist im zweiten ausgestiegen, man hörte ein Neugeborenes weinen. In der vierten Etage: Schwangerschaftsberatung. Ich zeige meine Papiere. Gespräch mit einer Person, die mich ‹beraten› soll. Eine vierzigjährige Frau empfängt mich. Die Furcht steigt. Aber es ist doch besser, hier allein zu sein, rede ich mir ein. Die Krankenschwester ist gekommen. *Nehmen Sie das, das weitet den Gebärmutterhals, gehen Sie ins Nebenzimmer, ziehen Sie sich aus, legen Sie sich hin, und warten Sie, man wird Sie holen.* Das Zimmer, vier Betten, drei andere Frauen liegen schon da, sie warten. Totale Stille. Wir sind alle aus demselben Grund hier, niemand hat Lust zu sprechen. Ich öffne den Wandschrank und lege meine Sachen rein, nachdem ich ein weißes Hemd angezogen habe, das hinten offen ist. Ich schließe den Schrank ab und binde den Schlüssel um mein Handgelenk, wie im Schwimmbad! Ich schaue aus dem Fenster, die Vorstadt, Wohnblöcke, es ist grau.
Ich lege mich hin, ich bin müde. Warten. Man holt mich. Ein sauberer Flur. Der Gynäkologenstuhl. Ich weiß nicht, wie das geht, ich setze mich hin, tue so, als ob es mir gutgeht. Alles klar, ich kenne mich aus! Man stellt meine Füße auf Metallstützen, sie sind kalt.
Ich sehe den ‹Absauger›.
Die Frauen erklären mir, was sie machen werden. Eine Betäubungsspritze. Es tut weh, ich unterdrücke die aufsteigenden Tränen. Eine führt die Kanüle ein, die jede Spur von dieser Geschichte beseitigen wird. Es tut sehr weh, dieses Schmerzgefühl ist völlig neu, völlig anders als andere Bauchschmerzen. Ich habe das Gefühl, ohnmächtig zu werden, aber das darf nicht sein. Jetzt weine ich. Dann ist es vorbei. Zehn Minuten. Ich komme ins Zimmer zurück. Ich war allein an diesem Tag, so allein, Gabriel.»

Belle streckte ihre Hand nach Gabriel aus, drückte auf die Fernbedienung und stellte den Fernseher lauter.
Kurznachrichten von Überschwemmungen, vom neuesten französischen Atomversuch. Dann erläuterte ein Journalist die Untersuchungsergebnisse zur Ermordung von General Taurillon. Angeblich gab es einen Zusammenhang zwischen diesem Attentat und dem Tod von A. von K., einem berüchtigten Waffenhändler, der in den Ex-Jugoslawien-Konflikt verwickelt und vor seinem Nachtclub *Exotica* umgelegt worden war.
Belle lachte höhnisch.
«A. von K., ehemaliges OAS-Mitglied, das haben sie nicht erwähnt. Einer der wichtigsten Drahtzieher der Rechtsradikalen. Madrid und Franco, Rom und die ‹Spannungsstrategie›, A. von K. und die Loge P2. Kollaborateur der portugiesischen Geheimpolizei PIDE unter Salazar. Aginter Press. Paris und die rechtsextreme ‹Ordre Nouveau›, in der er die europäischen Vereinigungen zur Unterstützung der Apartheid koordinierte. Büro in Nizza … Arschloch!»
Gabriel erkannte seine *Belle* wieder, seine *Freie Pariserin*! Immer wieder hatte sie biographische Details, Hypothesen und nützliche Hinweise für die Fälle geliefert, mit denen Pulp zu tun hatte. Seine *Spinnenfrau*. Und vor allem hatte sie ihm in bezug auf seine Enttäuschung als linker Aktivist etwas Wichtiges beigebracht.
«Es gibt keinen geheimen Drahtzieher. Das wäre zu einfach, den bräuchte man nur zu eliminieren. Es gibt nur den Hunger nach Macht. Die einen versuchen, an der Macht zu bleiben, die anderen gieren danach. Alle folgen nur einem Gesetz: Der Zweck heiligt die Mittel.»
Belle hatte den zerknitterten Bettüberwurf beiseite geschoben, sie japste nach Luft. Auch das Federbett war ihr zu schwer.

Gabriel dachte an Federn und an Blei. Er starrte auf eine kümmerliche Rose, die unter der Nachttischlampe vor sich hin welkte. Auf der Vase zeichneten sich Kalkschlieren ab. Er beschloß, das Wasser auszuwechseln. Obwohl das lächerlich war.

«Eine Beziehung zwischen zwei Menschen ist so fragil. Kann so leicht zerstört werden ... Du mußt alles tun, um die Beziehung zu Cheryl zu erhalten, und das ist das Schwierigste. ‹Es gibt kein höchstes Glück, das Glück liegt auf dem Weg, der zum Glück führt.› Sei aufmerksamer, liebevoller als bei mir ... Ich brauche dich nicht heute abend.»

Gabriel stellte die Blume wieder an ihren Platz. Er war ziemlich durcheinander.

«Wenn ich dich richtig verstehe, also, nach allem, was du mir gesagt hast, heißt das, daß du mich heute abend brauchst.»

«Als Mann bist du wirklich bescheuert. Geh und bleib bei ihr ... Ich brauche nichts.»

«Dann bis morgen?»

Sie lächelte gequält.

«Na klar doch.»

4

und die Liebe am Montag

WO EIN ZWEIFEL OHNE BEWEIS NICHT DER BEWEIS FÜR EINEN ZWEIFEL IST

Marcellus – No
(Übers. Marcellus – Nein)
Shakespeare
Hamlet, 1. Akt, 4. Szene

Gabriel verließ das Wohnhaus, ohne den Typen zu bemerken, der seine geringsten Regungen und Bewegungen weitergab.

«CNZ1 ... CNZ1 ... Er verläßt Punkt C, geht zur Metro. Ende.»
Stehlampe junior, der angebliche Obdachlose, der gegenüber von Cheryls Salon vor FRANPRIX stand und bettelte, hörte die Meldung über die Kopfhörer seines Funkgeräts, das als Walkman getarnt war. Er flüsterte in seinen Schal.
«CNZ2 ... CNZ2 ... Er kehrt nie ein, um was zu essen, ich habe Hunger ... Ende.»

und die Liebe am Montag

5 WO NICHT MEHR VON SODOMIE DIE REDE IST, ABER IMMER NOCH VON DIENSTAG

Hamlet – Alas ...
(Übers. Hamlet – So sei es!)
Shakespeare
Hamlet, 1. Akt, 5. Szene

Gabriel hatte einen Verdacht. Er hütete sich davor, sich umzusehen, sondern überwachte den Bereich in seinem Rücken in den Spiegelungen der Schaufenster und in den Windschutzscheiben der Autos. Aber irgendwie war er nicht so recht bei der Sache.
Er ging die Rue Popincourt hinauf. Der Kopfhörer von Stehlampe junior knisterte.
«CNZ1 ... CNZ1 ... Er bewegt sich in Richtung Punkt A ... Warte auf deine Anweisungen ... Ende.»
Kurz danach stieß Gabriel die klingelnde Tür des Friseursalons auf.
«Ist Cheryl da?»
Véronique war allein. Sie konnte kaum die Augen von der *Wunderwelt von Vuillemin* lösen und hörte eine Kassette von Brigitte Fontaine.
«Kannst du ihr nicht mal sagen, daß sie nicht mehr anrufen

soll? Was ist das für eine Geschichte mit dem als Geschenk verpackten Peugeot?»

«Ruft sie immer noch an?»

«Sie muß mich kennen, sie weiß, was auf meiner Stirn geschrieben steht: Praktikantin-Sklavin-Sekretärin. Sie hat mir diese Botschaft diktiert und mich gebeten, sie an dich weiterzuleiten. Es ist sehr dringend.»

Véronique beugte sich über ihren Notizblock und folgte den Zeilen mit der Spitze ihres Kulis.

«Waschen Sie den Pulp und nehmen Sie ihn aus Komma schneiden Sie den Kopf ab legen Sie die Fangarme beiseite Komma schneiden Sie den Pulp in Streifen Gedankenstrich schneiden Sie die Paprika in Pulpform und die Tomaten in Stücke ...»

Gabriel hatte sich der Kasse genähert, wo Véronique auf ihrem mit falschem Pantherfell bezogenen Hocker diesen Irrsinnstext vorlas. Sie beugte sich vor, um besser lesen zu können, und bei jedem Wort sah Gabriel, wie ihr weißer Busenansatz wogte. Er sah den schwarzen Träger ihres Büstenhalters und versuchte unter dem zarten Gewebe ihre Brustspitzen auszumachen.

«Schneiden Sie die Zwiebeln in dünne Scheiben Gedankenstrich dämpfen Sie den Pulp bei schwacher Hitze in einem Schmortopf Komma müssen Sie ihn noch mehr erhören ... äh nein ...»

Véronique spürte Gabriels Blick. Sie beugte sich noch weiter vor und zog am Ausschnitt ihres Mohairpullovers, der noch größer und sehenswerter wurde.

«Muß wohl heißen: erhitzen!»

«Ich erhitze, Véro, mir ist schon ganz heiß ...»

Sie hob die Augen zu Gabriel und fuhr lächelnd fort:

«Bräunen Sie die Zwiebeln in der Hälfte des heißen Öls Punkt fügen Sie die Paprika hinzu Punkt.»

Gabriel sah auf das Blatt.

«Lassen Sie ihn fünfzehn bis zwanzig Minuten köcheln dann Knoblauch hinzufügen Komma die Tomaten Komma Salz und Pfeffer ...»
Gabriel hatte sich hinter Véronique gestellt und stützte seine Arme links und rechts neben ihr auf den Tresen. Er spürte ihren Atem.
«Glaubst du, daß die stummen Anrufe und dieser hier von derselben Person stammen?»
«Manchmal hört man absolut nichts, aber ich glaube, daß dieser Anruf hier aus einer Telefonzelle kam, es war verdammt laut.»
Pulp stand jetzt ganz dicht hinter Véronique, er roch ihr Haar, ein leichter Vanilleduft, sein Mund schwebte über ihrem Nacken.
«Die anderen Male auch?»
«Ich kann nicht beschwören, daß es dieselbe Telefonzelle war.»
Sie entspannte sich, und ihr Rücken berührte Gabriels Brust.
«Siehst du die Buchstaben am Ende, die sie mir buchstabiert hat: HASTA LA VICTORIA SIEMPRE.»
Sie drehte sich um, ihre Lippen streiften Gabriels Gesicht.
«Was heißt das?»
«Immer bis zum Sieg!»
Bei dieser Parole schien es ihm angebrachter zu sein zurückzutreten. Dieser Satz hatte Che schon kein Glück gebracht, außerdem mußte seine Cheryl bald kommen.
«Wer ist denn diese Tussi?»
«Eine menschenfressende Köchin!»
Er machte eine Pirouette in Richtung Schaufenster und schüttelte sein Haar.
«Keine Kunden! Keine Chefin! Ich glaube, du hast die richtige Antwort gefunden auf die Frage der Ausbeutung der Frau durch die Frau. Hast du schon gegessen?»

«Nur einen kleinen Pulp auf die Hand, ich mußte ja die Kochrezepte für Monsieur notieren.»

Gabriel ging zum Kühlschrank. Er fragte Véro, ob sie ein Bier für ihre Mühe wollte. Aber der Kühlschrank war voller blonder Haarsträhnen, die in Schalen mit trüber Flüssigkeit dümpelten. Flakons mit Kräuterabsud, Wasserstoffoxid und Butterbaum-Extrakte füllten die Fächer, aber nicht der kleinste grüne Schimmer eines Sixpacks Heinecken.

Gabriel atmete aus, Pulp seufzte.

«Du verlierst gerade den einzigen Kunden dieses Tages ...»

«Einen gefunden heißt zehn verloren.»

Sie sah ihn mit einem forschenden Lächeln an.

Im Weggehen dachte er an Cheryl. «Ich habe meine Eurydike wiedergefunden und verloren.»

Stehlampe junior setzte überrascht sein Sandwich ab und beschmierte sein Mikro mit Thunfisch. Er brabbelte vor sich hin.

«CNZ2 ... CNZ2 ... Er verläßt gerade A ... in Richtung P ... du bist dran.»

Aber CNZ2 meldete sich nicht. Stehlampe junior mußte noch tiefer in seine Jacke kriechen, um lauter zu sprechen. Dabei bekleckerte er seine Wampe mit Tomatenscheiben und Eigelb. Er wiederholte seine Meldung und bekam schließlich die Empfangsmeldung von CNZ3, der seit dem frühen Morgen in einem Auto an der nächsten Kreuzung wartete.

CNZ3 hatte diesen Morgen schon reichlich Mühe gehabt, den anderen Flics die Entdeckung von Cheryls Geschenkauto zu beschreiben. Er fragte sich, was sich Gabriel nun wieder für ihn ausgedacht hatte.

 Véronique warf einen Blick auf Stehlampe junior, der die Reste seines Sandwichs einsammelte. Von ihrer Warte aus

schien es, als ob er Läuse und Flöhe auf sein vertrocknetes Brot packte.
Sie seufzte und trauerte der Ära Mitterrand-Balladur nach.
Das Klingeln des Telefons unterbrach diesen erhebenden Anflug von Nostalgie. Sie griff nach ihrem Kuli und schrieb mit.
«Nehmen Sie den Pulp aus Komma ohne die Tintenblase zu verletzen Komma waschen und reinigen Sie die Saugarme Semikolon schneiden Sie sie in kleine Stücke ...»

6

DIE REPUBLIK ALS TOCHTER DER BETSCHWESTERN VOM KALVARIENBERG ODER WIE MAN DIE VERARSCHTEN IN DIE IRRE FÜHRT

Reynaldo – But
(Übers. Reynald – Doch ...)
Shakespeare
Hamlet, 2. Akt, 1. Szene

Es begann zu schneien. Gabriel sehnte sich nach Cheryl, hatte Hunger und war genervt. Schlußfolgerung: einen Falafel kaufen, zum Hotel gehen und in aller Ruhe die Briefe der durchgeknallten Annick lesen, um irgendeinen Ansatzpunkt zu finden. Der tunesische Imbiß war hundert Meter weiter, das Hotel lag am Ende der Straße. Angesichts dieser Fakten entwarf Pulp einen ganz anderen Plan.
Da es Essenszeit war, also in jedem guten Polizisten der Beamte erwachte, da es schneite, also jeder Bulle die Pensionierung herbeisehnte, und da sie in Deckung gegangen waren, beschloß er, seine verfickten Wachhunde ein bißchen aufzuscheuchen und ihnen zu zeigen, was es heißt, verarscht zu werden. Zuerst inspizierte er die parkenden Autos, um zu sehen, ob er nicht den Lieferwagen mit den

dunklen Tarnscheiben ausmachen konnte. Kein U-Boot am Horizont. Also verlangsamte er den Schritt, damit das Verfolgerfeld daraus schloß, daß er weiter zu Fuß gehen wolle.

Als er sicher war, daß die Typen ihre Fahrzeuge (oder ihr Fahrzeug) verlassen hatten, blieb er an der Bushaltestelle der erotischen Linie 69 stehen. Er wandte das Kamasutra der Verfolgung an und zwang den oder die anderen, zu ihrem Auto zurückzugehen. Aber als der 69er hielt, stieg er nicht ein und setzte seinen Weg zu Fuß fort, um etwas weiter über die Straße und in ein Lebensmittelgeschäft zu gehen. Dort hielt er sich nur so lange auf, bis er völlig überraschend in den Bus springen konnte, der in die entgegengesetzte Richtung fuhr. Er stellte sich die Panik in den Mini-Walkie-Talkies vor und beobachtete aus dem Busfenster das Durcheinander, das ein grüner Peugeot anrichtete, der mitten auf der Straße zu wenden versuchte. Im hinteren Teil des Busses hörte er das laute Stimmengewirr einer Gruppe von Vorstadt-Kids.

«Verfickte Scheiße ... Boah, wenn ein Kontrolleur ... Du bist doch bescheuert. Er poliert ihm die Fresse ... He ... Ho ... Arschficker ... Sag das noch mal! Willste eins aufs Maul oder was ... Halt die Klappe ... Wir treten ihm in die Eier ...» Und so ging es endlos weiter. Gabriel dachte, wenn die Kontrolleure aufkreuzen würden, wäre er bestimmt nicht der einzige Schwarzfahrer im Bus. Er faltete ostentativ den *Parisien* auseinander, damit das Team im Peugeot glaubte, durchatmen zu können.

Eine Überschrift erregte seine Aufmerksamkeit: FORTSCHRITTE IM KAMPF GEGEN AIDS. Er stand auf und stieg an der Haltestelle Bréguet-Sabin aus. Den anschließenden Slalom widmete er Belle. In der Salarnier-Passage kaufte er sich zwei Sesambrötchen.

Er sah, wie eine Motorradfahrerin mit grauem Integral-

helm abstieg und wieder aufstieg, als er sich abwandte. Die Schneeflocken zerschmolzen zu grauem Matsch.
Wie die wenigen anderen Fußgänger beschleunigte er seine Schritte und erleichterte so die Aufgabe der Blutegel. Aber er verhielt sich so, um ihre Berechnungen über den Haufen zu werfen, und stürzte sich in die Metro. Pech für die, die hinter ihm herrannten, denn Gabriel blieb vor der elektronischen Schranke stehen und zwang sie, die Sperre zu durchqueren, so daß sie sich auf Verdacht für seine künftige Fahrtrichtung entscheiden mußten. Als er auf dem Bahnsteig stand, war es ihm zu blöd, einen möglicherweise übriggebliebenen Verfolger abzuschütteln, indem er ein- und gleich wieder ausstieg. Er tat trotzdem so als ob, aber dann fuhr er mit der Bahn davon und setzte sich hin. Gabriel vertiefte sich in den Artikel.
«Drei miteinander verbundene Moleküle gegen Aids. Das ist die Wende, denn zum ersten Mal stehen wir kurz davor, die Vermehrung des Virus quasi zum Stoppen zu bringen.»
Gabriel mußte zum ersten Mal an diesem Tag lächeln.
Pulp fühlte sich von den Bekämpfern der inversen Transcriptase inspiriert. Wie die Aids-Forscher mußte er nun herauskriegen, ob dieses Quasi-Verschwinden der Viren dauerhaft war.
Er stand auf und stieg an der Station Filles de Calvaire aus: die Töchter des Kalvarienberges. Er mußte an Belle denken. Aber vor dem Cirque d'Hiver, dem Winterzirkus, der mit einer Schnee-Perücke bedeckt war, kam ihm das Bild seiner süßen Cheryl in den Sinn. Aber nur ganz kurz, denn er erkannte die Clowns im Peugeot wieder, die langsam den Boulevard der Kalvarientöchter hinunterfuhren.
Offensichtlich hatte die Dreifachtherapie gegen die Viren, die ihm auf der Pelle klebten, noch nicht gereicht. Gabriel beschloß, dem Typen eine runterzuhauen, der gerade aus seinem Volvo ausgestiegen war und sich auf drei

Kids stürzte, die es gewagt hatten, einen Schneeball gegen sein Auto zu werfen. Der Typ schrie auf, Gabriel hielt ihn mit einem Arm fest und riet ihm, sich Verstärkung zu holen, wenn er nicht noch eine geknallt haben wolle. Die Gören, dadurch ermutigt, daß die beiden Erwachsenen sich gegenseitig festhielten, nahmen nun Gabriel aufs Korn. Dieser ließ den Spießer los und fühlte in sich eine Art Solidaritätsgefühl aufsteigen. Er schüttelte sich den Schnee aus Kragen und Haar und näherte sich seinem Lieblingsgeschäft, einem Getränkegroßmarkt. Pulp ließ seinen Blick genüßlich über Hunderte von Biersorten schweifen und entschied sich für zwei Pilsator. Dieses Ostberliner Bier, das langsam ausstarb, war allemal besser als das Berliner Pilsner. Diese Wahl war für Gabriel auch eine heimliche Hommage an die Zwerge vom mobilen Einsatzkommando, die in der letzten halben Stunde gezeigt hatten, daß sie der alten Stasi mindestens bis an die Knöchel reichten.

Die Verfolgungsjagd hatte ihn hungrig gemacht, und daher beschloß er, diesem Spiel ein Ende zu bereiten.

Über den Boulevard rennen, in den 65er springen, an der Bastille aussteigen, sich in die Guéménée-Sackgasse stürzen, in der Vorhalle von Haus Nummer 10 verschwinden, an der Place des Voges wieder herauskommen, in die Gärten des Hôtel de Sully gehen, in dem W. Klein ausgestellt wurde. An der Rue Saint-Antoine herauskommen, bei Saint-Paul auf der Gegenfahrbahn ein Taxi in Richtung Gare de Lyon nehmen, sie im Bahnhof abschütteln. In die Metro steigen, an der Station Parmentier aussteigen und bis zum Hotel Nice gehen, auf dessen kaputter Leuchtreklame nur noch «HOT ... ICE» stand. Die Verfolger waren nicht mehr zu sehen. Endlich stieß Gabriel die Hoteltür auf und gab dem Schild «we speak english» einen Stups. Im nächsten Moment kam es zurückgewackelt. Mohammed,

Mädchen für alles im Hotel Nice, stürzte nebenan im Café Le Vizir zur Telefonzelle neben den Toiletten. Er vergewisserte sich, daß er allein war, und rief die «Zentrale» an, um durchzugeben, daß Pulp angekommen und eine neue Sendung von Fotokopien seiner Post unterwegs war. Sein nächstes Treffen wurde für D2 festgelegt, er legte auf.
In den Funkapparaten knisterte es.
«AN an alle CNZ-Einheiten ... Das Tier ist an Punkt B, geht wieder in Stellung.»
Stehlampe junior erhielt von CNZ3 weitere Details: «Für fünfzig Gramm grüne Oliven, ein Brötchen und ein Bier hat er uns eine Stunde durch die Gegend gehetzt ... danach hat er sich in Luft aufgelöst ... mach's gut ... Ende.»

und die Liebe am Montag

7

WO DIE GEFAHR DES REALEN DIE THEORIE VON DIENSTAG UND SODOMIE ZU WIDERLEGEN SCHEINT

Queen – It maybe, very like ...
(Übers. Königin – Kann sein, sehr möglich.)
Shakespeare
Hamlet, 2. Akt, 2. Szene

Flo, die braune Schönheit an der Rezeption, hatte eigentlich alles, um nicht in diesem schäbigen Hotel zu versauern. Sie war einfach wunderbar: fünf Sterne. Eine schlanke Figur, feines gekräuseltes Haar, das von einer Silberspange gehalten wurde, große schwarze Augen, ein dunkelbraunes Gesicht, mattglänzende glatte Haut. Sie war um die Zwanzig, ihre verwaschenen Jeans umschmeichelten ihre geschwungenen Hüften, und ein enger roter Pullover betonte ihre üppigen Rundungen.
Der erste Grund für die Wahl dieses Hotels war die Nähe

zu Cheryl gewesen. Der zweite Grund der erregende Anblick dieser dunklen Schönheit. Allerdings fragte er sich jetzt, ob die beiden Gründe nicht doch zu widersprüchlich waren. Flo wartete, bis Mohammed, der Etagenkellner, gegangen war, bevor sie ein zwangloses Gespräch anfing.

«Andauernd klingelt das Telefon für Sie. Werden Sie gesucht? Sind Sie für eine Weile untergetaucht, Monsieur … äh … Monsieur?»

«Lacassin …»

Sie machte eine verschmitzte Miene.

«Ach ja, Lacassin … Guillaume Lacassin, Zimmer … äh … welches Zimmer noch mal?»

Gabriel war völlig hingerissen von ihrer Schönheit und kam in diesem Spiel nicht so richtig mit.

«Zimmer 5 … Kann ich meinen Schlüssel …»

«Zimmer 5 … Genau, das ist es. Ich habe eine Nachricht für Monsieur Lecouvreur auf Zimmer 5. (Sie zeigte ihm einen Umschlag.) Monsieur Gabriel Lecouvreur, Hotel Nice, Zimmer 5, Rue Saint-Ambroise Nr. 7, Paris, 11. Arrondissement, und kein Absender … Was tun?»

Gabriel öffnete eine kleine Plastiktüte und holte eine Handvoll Oliven heraus.

«Eine Olive … Madame … äh … Madame?»

«Mademoiselle Florence.»

«Gabriel.»

«Die Nachricht, die ich für Sie notiert habe … Warten Sie, ich lese noch mal nach … Tintenfische in Zucker. Ein gutes Kilo kleine Tintenfische, 1 Pfund Zwiebeln, 1 Pfund Tomaten, ein Glas Weißwein, ein Löffel Puderzucker, ein bißchen Rum, Pfeffer und drei Eßlöffel Öl.»

Sie machte ihm ein Zeichen näher zu kommen, und sagte vertraulich mit tiefer Stimme:

«Das ist bestimmt eine verschlüsselte Botschaft … Wollen Sie etwa, daß ich von der Sitte nackt an eine Heizung gefesselt und mit einem Telefonbuch vermöbelt werde, weil ich gestehen soll, daß ich Hehlerei begünstigt habe?»

Gabriel trat zurück und sagte pathetisch:

«Mademoiselle, seien Sie gewiß, daß Lacassin und ich mit unseren Körpern einen Schutzwall um Sie bilden werden, um diese Schmach zu verhindern.»

Die dunkle Flo zog einen Schmollmund.

«Nicht mal ein kleiner Versuch, mein Schweigen zu erkaufen?»

«Einen Kaffee?»

Sie zeigte auf die Kinozeitschriften.

«Ich muß arbeiten.»

«Vielleicht später?»

Sie gab ihm den Stapel Briefe und sagte nur: «Wer weiß?»

Gabriel wäre eine Anglistikstudentin lieber gewesen, die sich mit Shakespeare ausgekannt und aus dem Stegreif den berühmten Satz «it may be, very like» aus Hamlet zitiert hätte. Aber die Streiks vom letzten Dezember hatten es ja gezeigt: Die Uni war auch nicht mehr das, was sie mal war. Alles ging bergab.

und die Liebe am Montag

8

WO MAN FESTSTELLT, DASS KAPITEL 8 GANZ RICHTIG AUF KAPITEL 7 FOLGT

King – O, 'tis too true
(Übers. König – O das ist allzuwahr!)
Shakespeare
Hamlet, 3. Akt, 1. Szene

Gabriel stand hinter dem grauen Vorhang eines der beiden Fenster seines kleinen Hotelzimmers. Die blaue Bettdecke, so alt wie der erste Tag, spiegelte sich in den Scheiben des Kleiderschranks, den runde Kanten und abblätternder Lack schmückten. Als Nachttisch ein Hocker, ein

Lampenschirm, dessen Brandlöcher Geschichten erzählten. Ein Stuhl ohne Tisch, verstaubte gelbe Wände. Als Badezimmer eine Kammer, davor eine rissige braune Plastikfalttür, die nicht mehr schloß. Ein winziges Bidet unter dem Waschbecken direkt neben der Kloschüssel, daneben das Duschbecken, und alles so angeordnet, daß keine falsche Bewegung möglich war. Ein Wunder, daß kein Wasserhahn tropfte.

Pulp stand am Fenster über der Rue Saint-Maur. Er spähte nicht nach Aufpassern, sondern starrte nur auf ein armseliges verlassenes Elsternnest, dessen Reisigdach verschneit war. Er dachte an Cheryl.

Auf der Straße vor dem Café Le Vizir, am Taxistand, stampfte eine Reihe von Leuten im Schneegestöber mit den Füßen. Eine offensichtlich schwangere junge Nordafrikanerin mit Kopftuch, einem Kind auf der Hüfte und einem anderen an der Hand, wartete geduldig. Das erste Taxi nahm ein unhöflicher und ungeduldiger Yuppie, der seinen Diplomatenkoffer über den Kopf hielt. Ein zweites Taxi hielt, aber bevor die Frau einsteigen konnte, drängte sich ein alter Knacker vor und knallte ihr die Tür vor der Nase zu. Gabriel betrachtete dieses unwürdige Schauspiel. Er machte nichts. Er dachte an Belle.

Wer gute Geschäfte macht, hat auch gute Feinde. Er rekapitulierte seinen «Spaziergang»: sieben Bullen in Zivil, und wenn man die Reserven und die bereitstehenden Autos zusammenzählte, machte das glatt das Doppelte. Wozu dieser Riesenaufwand? Kerletu? Die Aufdeckung eines banalen Immobilienschwindels? Gab es eine Verbindung zur armen Annick Le Goff mit ihren Wahnsinnsbriefen?

Nichts rechtfertigte diesen Aufwand, mit dem sie ihn überwachten. Es sei denn, er war ahnungslos in irgendein Fettnäpfchen getreten. Er mußte sich mit seinem Ratgeber Pedro treffen und die verschiedenen Hypothesen

durchsprechen. Im Moment waren jedenfalls all seine Verstecke und Identitäten «verbrannt». Im Grunde hätte er sich absetzen müssen. Aber Cheryl? Aber Belle?
Eine beschissene Tageszeit, die Bierdose war auch leer.
Gabriel beschloß, sich auf den Fall Le Goff, Annick, zu konzentrieren.
Erstens, die an das Hotel geschickten Briefe waren in *Paris Saint-Maur rue Oberkampf 11ème* abgestempelt. Warum? Die im Friseursalon angekommenen Briefe waren direkt dort eingesteckt worden, mit dem Risiko, ertappt zu werden. Vielleicht handelte es sich auch um zwei Absenderinnen. Er öffnete die gestempelten Umschläge und ordnete zwölf Briefe auf seinem Bett chronologisch untereinander. Daneben legte er die fünfzehn aus dem Friseursalon. Weder in der Handschrift noch bei der Anrede gab es Ähnlichkeiten, alle waren völlig verschieden. Vorsichtig ausgedrückt, diese Literatur war völlig verrückt.
Manche, die ersten, waren farbig. Der braune Fleck auf einem der Briefe war offensichtlich sogar getrocknetes Blut. Eine Collage aus Fahrkarten, Rechnungen und Fetzen von Packpapier. Ein irrsinniges Puzzle samt Zeichnungen von Tintenfischen. Auf seinem Bett breitete sich ein unglaubliches Patchwork von Sätzen aus, aneinandergereiht zu verrückten Spiralen und Tentakeln, die jeweils im Wort oder in der Form einer Zange ausliefen. Gabriel suchte keinen Sinn mehr, er überflog nur die ersten Zeilen.

Kerletu,
25. Dezember 1995, 18 Uhr

Hallo, Gabriel,
habe eines der Geheimnisse für «unser Mißverständnis» entdeckt und eingekreist.
Hat Dich die «berufliche Deformation» dazu gebracht, die nachgewiesenen Fakten neu zu erfinden, weil DIE WAHRHEIT NUR EINE FRAGE FÜR BLINDE IST?

Es ist nicht schwierig für Dich zu begreifen, daß ich auf die «Abschiebung» nicht nur scheiße, um die Leute zu verhöhnen oder um sie in die Enge zu treiben, sondern mit der ehrlichen Absicht, *sie kennenzulernen. Was hat das gebracht?*

Dann gab es diese extrem vergrößerte Fotokopie eines Zeitungsartikels mit dem handgeschriebenen Datum *26. Dezember 1995* und großen Lettern über die ganze Seite:

DIE HÖHLE MEINER ERINNERUNGEN IST SO GEMACHT, DASS DIE VERBITTERUNG MIT DEN JAHREN VERSCHWINDET.

Gefolgt von einem Kommentar in roter Schrift:

Vielleicht hast Du schon alle Facetten, Varianten jener berühmten «Lockvögel» gelesen (du hast sie gele-li-la-lesen), die die Frauen im Schatten bedrohen.

Bevor man sich dem «Traditionellen Jagen und Fischen» hingibt.

MITMACHEN ODER DIE KLAPPE HALTEN.

Wie beim Herumspielen mit dem Balsam, mit dem ich Deinen Leopardi beschmiere, der in Deinem Spinatwald umherstreift.

Ein großes Stück Packpapier vom 26. Dezember, zwanzig Uhr. Riesige Buchstaben, die mit drei Filzstiften in Grün, Blau und Rot gemalt waren.

SAG ICH ZERKAUE DAS BEGEHREN UND DAS WASSER IST EINE EXPLOSION VON SÜSSEN FLÜGELN IN MEINEM MUND.

DIGAS MUERDO EL DESEO Y EL AGUA ES UN ESTALLIDO COMO ALAS DE AZUCAR EN MI BOCA. SAY I CHEW DESIRE AND WATER IS AN EXPLOSION OF SUGAR WINGS IN MY MOUTH.

Paris,

Sonntag, 6. Januar

Lieber Gabriel,

Ein Bündel von Netztaschen für einen subjektiv professionellen Faktor, der aus einem zufälligen lunaren Objektiv hervorgegangen ist.

Der in ihr nur einen Kraken sieht, der ausstreckt
seine monströsen Tentakeln nach einem Felsen
Die Sternbilder flüchten aus dem Himmel
Um nicht Zeuge zu sein dieses unreinen Hymens

Auge oder doch keine Träne, eben noch ein Teil von mir,
der auf der Stelle tritt, der sich davonmacht
Ich bin unsterblich
Wenngleich das erzwungene Schweigen mir die Zähne abschleift

Eine weitere Farbkopie, die mit einem Buntstift bekritzelt war.
Gewiß scheiden die Oktopoden und manche Tintenfische an den hinteren Speicheldrüsen Glykoproteine aus, die für bestimmte Beutetiere tödlich sind. Das durch den Schleim vergiftete Wasser wird im eigentlichen Sinne nicht mehr atembar. *Doch handelt es sich hier noch nicht um das Gift der Borgia.*
NUR EINE ATTACKE DER EINGEWEIDE WIE MIT EINER ZANGE

Gabriel, der nur noch Daten und Uhrzeiten sah, stach plötzlich ein gelbes Blatt vom Vortag ins Auge.
«Legionen von geflügelten Pulps, die entfernt an Raben erinnern, schweben über den Wolken.» Lautréamont

Unter dem Zitat klebte eine ganze Reihe von Kassenbons. Belege aus Cafés oder von diversen Essen. Café Le Vizir. Tabac Popincourt und vor allem zwei Rechnungen aus dem Pied de Porc à la Sainte-Scolasse. Sein Schlupfwinkel, seine Räuberhöhle, sein Unterschlupf.
Auf dem nächsten Blatt hatte Annick das kleine dreistöckige Haus und die Fassade von Cheryl Coiffure gemalt. Alles stimmte, die Fenster der Wohnung, die Vorhänge, das

große Schild, die Eingangshalle, die Dachrinnen, der Gehweg – alles war peinlich genau gezeichnet. Unter dem Ganzen stand in Lettraset: ICH HABE GESEHEN.
Dann eine ganze Litanei von dem, war sie gesehen hatte.

wie Du angekommen bist
das Licht im Badezimmer
deinen Schatten auf den Vorhängen
das Fernsehgeflimmer
wie das Licht ausging

Gabriel verstand endlich sein Unbehagen, dieses ständige Gefühl, überwacht zu werden. Annick ließ ihn wirklich nicht aus den Augen. Und er, der die Bullen abhängen wollte und sich nicht mal umgedreht hatte, hatte sie nicht bemerkt. Er nahm sich vor, von jetzt an rückwärts zu gehen.

Das dritte gelbe Blatt hatte den Titel
ICH HABE WIEDER an unsere Nächte gedacht, an Deine Hände, an Deine Haut.
ICH HABE WIEDER an mein Schlafabteil im 22.35-Uhr-Zug gedacht, an meinen brennenden Wunsch, an Deiner Seite zu sein.
ICH HABE WIEDER gedacht, daß ich nur an Dich denke, an alles, was wir uns noch nicht gesagt haben. Dein Vorname, kraftvoll wiederholt vom leichten Schwanken des Zuges, wiegte meine Hand in meinem feuchten Geschlecht, ich spreizte meine …

Gabriel schreckte hoch. Es hatte an der Tür geklopft. Er fühlte sich ertappt, steckte den Brief in den Umschlag zurück und stand auf. Erneut ein leises Klopfen an der Holztür.

«Sind Sie da?»
Das war die Stimme von Flo. Er schloß auf und sah Flo, die

Dunkle, von hinten beschienen vom schwachen Treppenhauslicht.
Das Beleuchtung betonte die Kurven ihrer Figur.
«Darf ich mal duschen?»
Großzügig wie er war, trat er beiseite und ließ sie eintreten. Sie warf keinen Blick auf die auf dem Bett ausgebreiteten Briefe, sondern ging zum Fenster und zog die Vorhänge zu.
«Damit man mich nicht sieht.»
«Und ich? Soll ich weggehen?»
«Nein, lesen Sie nur weiter Ihre Post.»
Mit einem Schritt war sie in der Duschkabine.
«Rasieren Sie sich niemals?»
«Für wen sollte ich denn eine glatte Haut haben?»
Sie zog ihren roten Pullover aus. Als sie sich niederbeugte, um ihre Stiefeletten aufzuschnüren, konnte er feststellen, daß er sich nicht getäuscht hatte: Ihre Haut war sehr zart, und ihre Brüste, kaum verhüllt von einem Oberteil aus roter Seide, waren vollkommen. Sie warf den Kopf zurück und ließ ihr Haar herabfallen.
«Sie schreiben?»
Sie wühlte in ihrer Tasche.
«Haben Sie die Rezeption im Stich gelassen?»
«Mohammed ist ein guter Kumpel. Aber ich stelle Ihnen so viele Fragen, das geht mich ja alles nichts an.»
Gabriel räumte die Briefe beiseite.
«Sie können sich doch hier im Zimmer ausziehen.»
«Sie lesen?»
«Ich schreibe, ich lese ...»
Flo hatte sich gegen das Waschbecken gelehnt. Sie wand sich, um ihre Levi's auszuziehen. Darunter trug sie eine schwarze Strumpfhose. Gabriel lehnte sich mit dem Rükken gegen den Türrahmen und betrachtete Flo.

«Ehrlich gesagt, in diesem Zimmer kann ich Sie sowieso

von jedem Platz sehen, da bewundere ich Sie doch lieber in aller Ruhe. Außerdem habe ich mit mir selbst gewettet, ob Sie zuerst den Büstenhalter oder die Strumpfhose ausziehen. Sie sind wirklich wunderschön.»

«Und Sie sind ein Schmeichler, was machen Sie?»

Sie drehte ihm den Rücken zu.

«Wenn Sie den Büstenhalter aufhaken, könnte ich gleichzeitig meine Strumpfhose ausziehen, so daß Sie Ihre blöde Wette verlieren ... Was sind Sie von Beruf?»

«Journalist.»

Sie zog langsam die Strumpfhose aus, massierte ein wenig ihre Fesseln und reichte ihm ihre Sachen. Sie trug nur noch einen hauchdünnen roten Slip, das Gewebe spannte sich über ihrem üppigen schwarzen Schamhaar, wie man es sich kaum schöner vorstellen konnte. Gabriel legte ihre Wäsche auf das Bett und setzte sich.

«Ein Journalist wie in Temesvár ... oder einer, der den Fall der Berliner Mauer drei Tage später kommentiert?»

«Ich habe nicht gesagt, Starreporter.»

«Also einer, der Umfragen auswertet, die den Wahlsieg von Balladur voraussagen?»

«Nein ... Ich schreibe in *Domina – Union – Briefe für die Frau*... deshalb kommt so viel Post von Leserinnen. Ich bin ein Leserbriefkastenonkel, wenn Sie so wollen. Darf ich mich vorstellen: Guillaume Lacassin.»

Er streckte die Hand aus. Sie war sichtlich überrascht und schien sich plötzlich zu genieren, so spärlich bekleidet zu sein. Gabriel suchte kurz und zeigte ihr einen der Briefe.

«Wollen Sie lesen?»

«Ich höre.»

«Ich habe wieder an unsere Nächte gedacht, an Deine Hände, an Deine Haut. Ich habe wieder an mein Schlafabteil im 22.35-Uhr-Zug gedacht, an meinen brennenden Wunsch, an Deiner Seite zu sein. Ich habe wieder gedacht,

daß ich nur an Dich denke, an alles, was wir uns noch nicht gesagt haben. Dein Vorname, kraftvoll wiederholt vom leichten Schwanken des Zuges, wiegte meine Hand in meinem feuchten Geschlecht, ich spreizte meine …»
Flo hatte den Wasserhahn der Dusche aufgedreht, sie hielt ihr Gesicht in den Strahl, das Wasser rieselte über ihren braunen Körper.
Gabriel legte den Brief beiseite, er sah auf ihr schwarzes und nasses Schamhaar, dann in den Spiegel des Schranks, sie seifte ihre Hüften ein, dann ihre linke oder rechte Brust, er wußte es nicht genau, da er das Bild spiegelverkehrt sah. Ihre Brust war mit weißem Schaum bedeckt, ein Schwall von Wasser legte eine tiefrote vorstehende Brustspitze frei. Sie spülte sich mit kaltem Wasser ab.
Gabriel schloß die Augen und verfluchte sich, daß er im Friseursalon keinen Weichspüler, kein Glanzmittel, kein 3 in 1, kein Superweich mitgenommen hatte. Man sollte immer etwas Mandelöl bei sich haben, Tigerbalsam oder zumindest Vaseline und Kondome. Als er wieder zu ihr hinüberspähte, wischte sie mit der Hand Wassertropfen von ihrem Bauch und ihren Schenkeln. Er schloß wieder die Augen. Das war einfach zuviel. Er wollte nicht gleich ein Zehnerpack, auch nicht zwei, sondern nur ein einziges Präservativ, das war sein ganzes Flehen, sein einziger Wunsch in diesem Moment.
«Was machen Sie?»
«Ich wichse.»
«Reden Sie keinen Blödsinn, kommen Sie her, und trocknen Sie mich ab.»
«Äh, nein … unmöglich …»
«Los, kommen Sie.»
«Es geht wirklich nicht, ich habe eine solche Erektion, daß ich mich nicht bewegen kann.»
Verwirrt steckte sie den Kopf aus dem Badezimmer. Er er-

wartete sie gegen die Wand gelehnt und küßte sie. Sie ließ das Handtuch fallen. Das Klingeln des Telefons unterbrach ihre Umarmung.
Gabriel war sich in diesem Moment sicher, daß der Anruf von *Act-Up*, von der Aids-Information oder vom Gesundheitsministerium kam oder, schlimmer noch, von Professor Montagnier persönlich. Dank seiner langen Arme konnte er mit einer Hand ihre Brust festhalten und mit der anderen abheben.
«Hallo.»
Er ließ Flo los und machte ihr ein Zeichen, still zu sein. Pulp erkannte sofort die Stimme von Annick.
«Von wo rufst du an?... Aber das ist doch absurd, wo bist du? Ja klar, ich hab deine Briefe ... Aber nein ... Hör mir zu ... Mach vor allem keine Dummheiten ... Aber warum?... Heh!»
Er sah, wie Flo sich anzog.
«Aber nein ... Nein! ... manchmal hat man eben das Gefühl, daß alles finster ist ... Aber ... (er legte die Hand auf die Sprechmuschel und versuchte Flo zurückzuhalten: ‹Sie will sich umbringen›). Ja, ich höre dich ... Nein, du ... Nehmen wir mal an, du stirbst, und dann?... Aber du hast noch nie jemanden getroffen, dem es mißlungen ist ... Ja natürlich ... Alle ... warte doch ...»
Flo warf ihm einen Handkuß zu, er rief ihr etwas nach, sie schloß die Tür.
«Warte! ... Nein ... Ja, ja, ich höre dich ...»
Gabriel versuchte, Annick zu überzeugen, erzählte ihr von Leuten, deren Selbstmordversuch mißlungen war und die später darüber gelacht hatten.
«Also, das zeigt doch, daß ... daß das, was du im Moment für endgültig hältst, in einem Monat schon nicht mehr wahr sein kann. (Er war genervt.) Du triffst andere Leute, triffst ... Erlebst andere Sachen ... Gut, gut! ... Beruhige

dich, okay?... Im Pied de Porc à la Sainte-Scolasse ... genau ... wann? Jetzt gleich, okay ... aber ja ...»
Gabriel legte wütend auf: «Blöde Fotze!» Sein Blick fiel auf die großen schwarzen Buchstaben eines Briefes.
... Der Pulp stürzt sich auf sein Opfer, bedeckt es mit seinem Körper und fesselt es mit seinen langen Armen. Unten ist er gelblich, oben erdfarben; nichts kann dieses unvergleichliche Staubmuster wiedergeben, man könnte meinen, ein Tier aus Asche, das im Wasser lebt.
Dieses Tier ist arachnoid durch die Form und ein Chamäleon durch die Färbung. Wenn es gereizt wird, wird es violett. Das Schreckliche an ihm ist, daß es so wabbelig ist. Seine Fangarme sind tödliche Schlingen, schon jede Berührung lähmt. Es sieht aus wie Skorbut oder Knochenbrand, es ist eine lebendige Zange.
Blöde Fotze! Doppelt blöde Fotze! Gabriel atmete tief ein. Durch langsames und kontrolliertes Atmen suchte er Rat bei seinem geistigen Lehrmeister. Aber es kam ihm nur der Satz des Königs in den Kopf: «O Gertrud, come away», was sich in etwa so übersetzen ließ: «O Gertrud, laß uns scheiden!»

und die Liebe am Montag

9 IM EIGENTLICHEN UND IM ÜBERTRAGENEN SINNE DES WORTES: SODOMIE

*Hamlet – Well, well, well.**
(Übers. Hamlet – Gut, gut, gut.)

* Da der Text des ersten Quartbands 2154 Zeilen umfaßte, während der zweite Quartband 3723 hatte, bleibt der Text des ersten Quartos bis in unsere Tage umstritten. Daher haben wir uns bei diesem Zitat aus Shakespeare, *Hamlet*, 3. Akt, 1. Szene, auf den zwischen 1611 und 1637 erschienenen Nachdruck gestützt.

 Die in ihrem Lieferwagen-U-Boot geparkten Polizisten verstanden die Welt nicht mehr. CNZ7 hockte vor dem

Aufzeichnungsgerät. Unter seinem Kopfhörer hatte er rote Ohren. Er überwachte die Abhöranlagen in Cheryls Wohnung, in Zimmer 5 und im Restaurant Au Pied de Porc à la Sainte-Scolasse, außerdem die angezapften Telefone. In erster Linie die Leitungen des Le Vizir, des Tabakladens Popincourt und fünf Telefonzellen in der Umgebung. Vier weitere hatte er stillgelegt. Und soeben hatte er einen Anruf bei Pulp in Zimmer 5 aufgezeichnet, der aus einem der anderen Hotelzimmer kam, von einer gewissen Annick ... Seine roten Kontrollampen belegten das ganz eindeutig. Warum trieben sie einen solchen Aufwand und trafen sich im Pied de Porc anstatt direkt im Hotel?
Heute abend bei der Einsatzbesprechung mußte er unbedingt darüber berichten. Die Raffiniertheit dieses «Netzes» verblüffte ihn. Am Spätnachmittag dieses Dienstags hielten die beiden Inspektoren Pulp für einen großen Fisch, der über einen unentzifferbaren Code mit seinen Komplizen kommunizierte. Sie brüteten über den Abhörprotokollen des Tages:
Pulp auf spanische Art. Gefüllte Pulps. Pulps in Zucker. Pulpsalat.
Die Angelegenheit war ernst. Auch wenn sie sich in diesem Lieferwagen den Arsch abfroren, verfolgten sie daher mit Neugier und Interesse, wie Pulp die Tür zum Pied de Porc aufstieß. CNZ7 steuerte das in einem Martini-Aschenbecher verborgene Mikro und stellte die Telefonleitung auf Empfang. Gabriel ging zum Tresen. Das Bistro war leer, düster und still. Verwundert stellte er fest, daß es keine Küchengerüche gab. Léon, der alte Hund, versuchte lahm mit dem Schwanz zu wedeln und richtete seine erloschenen Augen auf Pulp. Gabriel hockte sich neben dem kranken Hund hin. Er fand ihn schrecklich gealtert und hatte Mitleid, denn obwohl dieser Hund jetzt einen Schutzengel, in seiner Person, und zwei Herrchen hatte, nämlich Gérard

und Maria, die Besitzer der Kneipe, war er ziemlich am Ende. Léon hatte seine anarchistische Phase im Stadtteil gehabt, eine Art Hundebefreiungsfront zusammen mit dem Bastard vom Cercle Bleu und Rex vom Vizir. Sie hatten Mülltonnen umgeschmissen, Uniformen gehaßt und Streifzüge bis zum Schlachthaus in La Villette gemacht. Und sie hatten die Straße gegen die Domestiken vom Canigou verteidigt. Aber Rex war bereits tot, von einem Landrover übergemangelt, das Cercle Bleu war einem Big Burger gewichen, und er, Léon, hatte nicht mal mehr ein Knurren für die Zwergpudel und Pekinesen übrig, die von ihren Frauchen in der Höhe des Schaufensters auf dem Arm getragen wurden. Das Schlimmste war gewesen, daß er mit eigenen Augen mit ansehen mußte, wie sich ein kastrierter Kater mit Halsband direkt vor seinem Restaurant breitmachte. Eine Generation von Verrückten. Er hatte Lust, Pulp vor die Füße zu kotzen, aber es stank eh schon zu sehr nach Sägemehl und Zigarettenstummeln, er schnüffelte nach dem verbotenen Zucker und wartete auf den baldigen Tod. Vlad steckte den Kopf aus der Kellerluke und sah Pulp, der auf allen vieren kniete und Léon ein Stück Zucker gab.

Vlad hatte den Kopf seiner rumänischen Vorfahren, war blaß wie ein Vampir und völlig schwarz gekleidet. Er protestierte nicht mal, daß Gabriel dem Hund diese Giftwürfel gab.

Vlad war in Bukarest Arzt gewesen und kannte sich daher mit den ewigen Debatten über Euthanasie aus. In fünfzehn Jahren Exil, wegen ernster Probleme mit der *Securitate*, hatte er zu schweigen gelernt. Extrem aufmerksam, war er eine wertvolle Hilfe für Maria. Hager und muskulös, ein fähiger Mitarbeiter für Gérard. Man machte sich über seinen slawischen Akzent lustig.

«Zehnmal Telefon ohne Person für dich und eine notierte Nachricht.»

Er reichte ihm eine Kopie der Tageskarte: Sellerie in Remouladensoße, Kalbskopf, Heringe, Eier in Mayo und der berühmte Schweinsfuß à la Sainte-Scolasse, die Spezialität des Hauses. Auf die Rückseite hatte Vlad geschrieben:
«Pulp gesaubert aber roh und in Morser purieren mit Knoblauch Öl würzen.»
«Auch ein Päckchen für dich und Briefe.»
Gabriel betrachtete mißtrauisch das Zeitungspapier, das um einen etwa buchgroßen Gegenstand gewickelt war. Sein Name stand drauf, aber kein Absender. Er versteifte sich, nahm das Geschirrtuch aus Vlads Händen und eine herumliegende Schürze, beugte sich nieder, öffnete die Falltür, wickelte die Tücher um seine Hände, stellte sich hinter die hochstehende Bodenklappe und begann das Paket zu öffnen.
«Du haben Schiß?»
«Ich habe Schiß, Vlad, viel zuviel.»
Vlads Gesicht leuchtete auf. Er zog unter einem Stapel Servietten ein gebrauchtes Papiertischtuch hervor und faltete es vor Gabriels Nase auseinander.
«Das war sie! Ißt nichts, zeichnet bis Mitternacht. Sieh mal.»
Gabriel hatte die Verpackung zerrissen, war aufgestanden und hielt eine Videokassette in seinen Tuchfäustlingen. Die Zeichnungen erkannte er auf den ersten Blick, Tintenfische, Saugarme, das einzig Neue war das eingekreiste A von *Anarchie*, gefolgt von ... *nalyse* ... *bszeß* ... *blehnung* ... *neinanderschmiegen* ... *nstrengen* ... *usführen, Abtreiben.*
«Sie ist klein, blond ... viel hübsch.»
«Und völlig verrückt. Was hältst du davon? Ich meine, als Arzt.»
«Persönlichkeiten, die leiden unter dem, wie wir sagen, Kuppel-Syndrom, die denken von sich ‹Ich bin unsterblich›. Ist eines der großen klinischen ...»

«Sie will sich aber umbringen ...»
«Niemals, das ist unmöglich. Die sind in ewiger Gegenwart, ewiger Ganzheit. In dem Gefühl, daß sie nur einen Wunsch haben, nämlich alle andere aus ihrer Welt wegmachen. Sie ist gefährlich ...»
Das Telefon klingelte. Vlad hob ab und reichte den schwarzen Bakelithörer wortlos an Gabriel weiter. Gabriel erkannte sofort Annick, völlig ausgeflippt, hysterisch.
«Du Schweinehund! Du läßt mich überwachen, du willst mich herlocken, um mich einzufangen ...»
Der Polizist im Lieferwagen stellte den Ton leiser, denn die Stimme war so schrill, daß der Kopfhörer zu bersten drohte. Er zeichnete folgendes auf:
«Ihr lauert mir auf, spioniert mir nach! (Gabriel schwor, daß er allein sei im Café. Sie explodierte.) Und deine Kumpel da im Lieferwagen, der Renault 1260 VP 75 ... auf der Straße ... warten die etwa nicht auf mich?»
Sie knallte den Hörer auf. Ihr letzter Satz rief schreckliche Panik im «U-Boot» hervor. CNZ7 fluchte: «Verdammt! Dieses dumme Stück!» Er riß sich den Helm vom Kopf und brüllte, während er losfuhr, daß sie aufgeflogen seien und sich vom Acker machen müßten.
Gabriel, der an die Türschwelle getreten war, sah, wie ein blauer Lieferwagen sich entfernte. Als er einen Schritt nach vorn machte, um sich die Autonummer zu notieren, lief er direkt Gérard in die Arme. Der gute alte dicke Gérard weinte wie ein kleines Kind. Gabriel redete sanft auf ihn ein und zog ihn ins Innere des Lokals. In fünf Jahren hatte er Gérard noch nie in einem solchen Zustand gesehen. Gérard hatte gerötete Augen, trug einen traurigen braunen Anzug, und der Kragen seines weißen Hemdes wurde von einer verblichenen lila Krawatte abgeschnürt.

Er stieg sofort die Wendeltreppe hinauf. Vlad machte ein Zeichen, daß Gabriel ihm folgen solle.

Das Restaurant wirkte auf einmal trostlos. Oben saß Gérard auf einer gepolsterten Sitzbank. Gabriel zog sich einen Stuhl heran.
«Maria ist im Krankenhaus ... Krebs, haben sie gesagt.»
«Deshalb brauchst du dich doch nicht so hängenzulassen ... So was kann man heute behandeln.»
«Wenn sie eine Chance hat, dann ist die 50 zu 50, aber die anderen 50 ... Was ist damit?»
«Du darfst dich nicht so gehenlassen. Ihretwegen und deinetwegen ... Schließ das Restaurant ...»
«Sie will das nicht.»
«Na, siehst du, sie ist mutiger als du ... Wo ist sie?»
«Ich geh gleich wieder hin.»
«Ich komme mit ... Oder? Darf ich?»
«Dämliche Frage. Natürlich.»
Sie wurden von Vlad unterbrochen, der ihnen mitteilte, daß Monsieur Portal gekommen sei.
Christophe Portal, der Fotograf aus der Rue Basfroi, ein treuer Kunde und Freund des Paares, Schirmmütze, Handschuhe, Samtjacke, wartete in der Nähe der Tische. Ohne ein Wort überreichte er eine Plakatrolle. Von Bezahlung wollte er nichts wissen. Er wollte auch nichts trinken, sprach Gérard Mut zu und ging. Gérard schniefte in ein großes Taschentuch. Es klopfte an der Eingangstür. Ein junges Mädchen mit rabenschwarzen Haaren, blaß wie eine Prinzessin, wartete mit einem Koffer in der Hand und traute sich nicht, die Tür zu öffnen.
«Rosa! Das ist Rosa, meine Rosa.»
Gérard nahm ihr das Gepäck ab und stellte sie vor:
«Sie ist die Nichte von Maria, wir müssen uns um sie kümmern.»
Gérard zog die andalusische Schönheit in die Küche. Gabriel glaubte zu träumen, die Spanierinnen waren oft mehr als verführerisch. Um seine lüsternen Gedanken zu ver-

scheuchen, zwang er sich zu weit profaneren Dingen und wählte die Nummer des Friseursalons.
Véronique empfing ihn mit einem «Cheryl Coiffure, ich höre». Er imitierte ihre affektierte Redeweise: «Gabriel, ich spreche.» Sie informierte ihn über die neuesten Kochrezepte, eingemachter Tintenfisch und Kalmarwürstchen. Nichts Neues von Cheryl. Er erklärte ihr, daß er bei Gérard bliebe. Sie glaubte ihm nicht, wollte direkt mit Gérard oder Vlad sprechen. Da das nun wirklich nicht der geeignete Moment war, legte er fluchend auf. Eine Frau, die kontrollierte, wie er seine Zeit verbrachte, reichte ihm schon, diese Praktikantin hatte ihm gerade noch gefehlt.
Wenn er es aber genau bedachte, gab es vielleicht doch noch einige konkrete Dinge, die er zur Ausbildung von Cheryls Schülerin beisteuern konnte.

10

und die Liebe am Montag

WO NICHT MEHR VON SODOMIE DIE REDE IST UND DENNOCH ...

Hamlet – Who, I?
(Übers. Hamlet – Wer? Ich?)
Shakespeare
Hamlet, 3. Akt, 2. Szene

Wo Haß ist, ist auch Freude.
Die Polizisten waren sauer, daß sie zum zweiten Mal an einem Tag aufgeflogen und abgehängt worden waren.
AN gab per Funk den Befehl, die Überwachung von ABCD zu verstärken. Die CNZ-Teams waren sich inzwischen sicher, daß sie es nicht mit einem Amateur zu tun hatten. Sie würden ihn nicht mehr aus den Augen lassen. Guter alter Bullenglaube.
Gérard und Gabriel fanden eine Lücke auf dem Parkplatz vor dem Hospital Pitié-Salpêtrière. Das Riesenkranken-

haus kämpfte im Schneetreiben mit sämtlichen Neonfenstern gegen das Dunkel und die Furcht.
Gérard folgte mit gesenktem Kopf den auf den Boden gemalten Pfeilen. Gabriel schaute sich um und entdeckte entzückt all die niedlichen Krankenschwestern, die hinter den Glasfenstern beschäftigt waren. Pulp fühlte sich wie in einem Aquarium, umgeben von kleinen schwarzen Sirenen. Junge Frauen aus Martinique, Guadeloupe und Mauritius eilten mit halb aufgeknöpften Kitteln umher. Mit den Augen verfolgte er die schwingenden Hüften der Stationsschwestern und forschte nach den Umrissen ihrer Slips oder Büstenhalter.
«Kennst du die drei größten Sexualphantasien der abendländischen Männer?»
Gérard drückte fluchend zum dritten Mal auf den Fahrstuhlknopf. Erschöpft reichte er Pulp die schwere Tasche mit den Kochtöpfen und kämpfte mit Blumen und Plakatrollen.
«Die erste Phantasie ist, daß eine Hure von ihm nicht bezahlt werden will.»
Endlich öffneten sich die Fahrstuhltüren, und Gérard drückte mehrere Male auf den Knopf für die vierte Etage.
«Die zweite ist, daß eine Lesbe ihm zuliebe auf ihre sapphischen Neigungen verzichtet, und die dritte ...»
Sie kamen im vierten an, Gérard suchte das Zimmer.
« ... ist, daß eine Krankenschwester in sein Zimmer kommt, sich auszieht und sich zu ihm legt. Stell dir mal vor, ich finde heute abend eine lesbische Krankenschwester, die umsonst mit mir vögelt ...»
«Kannst du nicht mal fünf Sekunden die Klappe halten! Halt mal diesen Topf ... Hier, Nummer 439 ... (Er klopfte leise an.) Paß auf, daß du nicht auf einen schwulen Krankenpfleger triffst ...»

Maria erblickte im Türspalt zwei lachende Gesichter. Sie lächelte erfreut, denn was sie am meisten bei dieser Geschichte fürchtete, war der mitleidige Blick der anderen. Gabriel stürzte herein und küßte ihr die Hand, sie fuhr ihm durchs Haar.

Nach einer schnellen Umarmung machte sich Gérard wie ein kleiner Junge im Zimmer zu schaffen.

Eine Vase, Wasser, der Rolltisch, kleine Teller, Gedecke, der Wein ... Mit Feinschmeckermiene knotete er die Tücher auf und hob den Deckel hoch.

«Paella.»

«Olé!»

Gabriel ging um den Tropf herum und band Maria eine Serviette um. Sie zwinkerte ihm zu und drängte ihn, sich auch eine Serviette in den Kragen zu stecken. Gérard war auf einen Stuhl gestiegen und entfaltete das erste Poster.

Die Überraschung war perfekt: eine vergrößerte Aufnahme vom Innenraum des Pied de Porc à la Sainte-Scolasse. Alles war da: Léon, Vlad und Gérard an der Theke. Dann pinnte er eine Aufnahme der Fassade des Restaurants an die Wand. Maria und Gabriel waren begeistert und ließen sich die Muscheln und Krabben schmecken.

An den Sauerstoffschläuchen befestigte Gérard das Foto eines alten Reklameplakats, das Maria so sehr mochte.

> ANTHRACINE
> Französischer Kunstanthrazit, garantiert ohne Rauch
> Kein Staub
> Keine Steine
> Keine Schlacke
> Keine Rückstände
> Beachten Sie die Doppelrille
> an jedem einzelnen Brikett
> EINE EINZIGE KOHLE FÜR KÜCHE
> UND HEIZUNG

Maria verbarg mit einer heftigen Bewegung ihr Gesicht in der Serviette. Die beiden Männer sahen sich besorgt an. Aber sie öffnete wieder ihre glänzenden Augen und zeigte ein breites Lächeln.

Gabriel machte ein Kompliment.

«Du bist so schön wie deine Nichte.»

Gérard und Maria hoben ihre Gläser.

Gérard sagte vertraulich:

«Weißt du, was dieses Untier mir auf dem Flur erzählt hat?»

Pulp setzte eine betrübte Miene auf und wandte sich an Maria.

«Ach du Schande ... Er ist es, der mir mit seinen dreckigen Stammtischwitzen auf die Nerven gegangen ist ... Ich hab die Nase voll, einem alten Lustmolch als Alibi zu dienen.»

Maria hinderte Gérard daran, zu antworten.

«Ihr könnt euch ja jetzt in aller Ruhe im Pied de Porc streiten. Aber ich bin hier in den Ferien, also seid friedlich ... Einverstanden?»

Gabriel streckte sofort die Waffen und bat sie um die Erlaubnis, einen dringenden Anruf machen zu dürfen. Maria wählte den Anschluß nach draußen und reichte ihm den Apparat.

Kaum hatte er hallo gesagt, schimpfte Cheryl auf ihn ein, weil ihr Anrufbeantworter mit schwachsinnigen Nachrichten blockiert war ... Sie sagte, es gehe ihr gut, viel besser. Nein, er fehle ihr nicht. Sie habe weder Lust auf ein Restaurant noch auf Kino, sie wolle ihre Ruhe haben, sie habe die Schnauze voll von seinem Gelaber und wolle mit Maria sprechen. Beschämt gab Gabriel den Hörer an Maria weiter. Sie beruhigte Cheryl, hörte ihr zu, und nach einem langen Gespräch, bei dem die beiden Männer sich ziemlich überflüssig fühlten, legte sie auf. Sie streichelte Gabriels Hand.

«Es ist besser so, heute abend. Sie ist am Ende. Sie will abschalten, und morgen ist alles wieder gut.»
Gabriel war sich da nicht so sicher.
Cheryl war verdammt nachtragend. Er natürlich nicht. Es war ganz einfach, er war kein Pulp, er war ein Engel.

und die Liebe am Montag

11 WO MAN ERNEUT VON SODOMIE ODER VON DIENSTAG REDEN KÖNNTE

Guildenstern – Most holy and religious fear it is.
(Übers. Guildenstern – Höchst fromm und gottgefällig ist die Furcht.)
Shakespeare
Hamlet, 3. Akt, 3. Szene

Bläuliches Neon «HOT ... ICE». Gabriel stieß die Hoteltür auf, das kleine Pappschild schaukelte hin und her. Hinter «speak english» hatte jemand gekritzelt: «Man spricht Arabisch». Pulp hatte sich auf Flo gefreut und stieß auf Mohammed. «Nicht schön, die ganze Nacht bereit, und es passiert nichts», sagte Gabriel und meinte damit eher sich selbst. Er nahm den Schlüssel und die Nachricht in Empfang. «Nein, nicht schön», antwortete Mohammed, meinte aber genau das Gegenteil und sagte zu sich: «Was für 'ne Scheißsklavenarbeit», während Gabriel die Treppe hinaufstieg. Dann las er die Worte («Unverständlicher Schwachsinn!»), die eine Tussi ihm diktiert hatte. Er hatte die Nachricht abgeschrieben, um sie an die «Zentrale» weiterzuleiten.
Pulp mit schwarzem Reis.
Fügen Sie die Tinte hinzu. Umrühren. Ausbreiten. Zerhacken. Zerschneiden. Zerreißen. Die Flamme über Nacht auf Höchststufe stellen und den Pulp ordentlich durchbraten. Denn ich bin unsterblich, und der Pulp hat ausgelacht.
A., die allem eine Ende macht
Als Pulp am Ende dieser Nachricht und vor seinem Zim-

mer angekommen war, sackten seine Schultern herab. Er hatte das Gefühl, mit den Händen die Stufen zu berühren.
Mohammed hatte sich in ein Kabuff eingeschlossen, aus dem nur die Telefonschnur herauskam.
Es gelang ihm, die «Zentrale» zu erreichen, so daß sie Gabriel erneut lokalisieren konnten.
Man war kurz angebunden und riet ihm, sich in Zukunft an die Sicherheitsregeln zu halten. Mohammed hatte keine Lust gehabt, in die eisige Nacht hinauszugehen. Er machte sich keine Gedanken über die rassistische Geringschätzung, mit der die da oben ihn behandelten. Er glaubte, daß er sich durch gratis geleistete Zuträgerdiense Anerkennung und Respekt verschaffen würde. Seine ständig mit Füßen getretene Würde konnte er sich nur durch Denunziation bewahren. Endlich brauchte ihn jemand.
Pulp riß die Vorhänge, die Bettdecke, die Laken herunter und schnürte ein Bündel. Dann stieg er zur Rezeption runter, wo er sich von Mohammed übers Ohr hauen ließ, der ihm für vier Bier 100 Francs abknöpfte. Aber Gabriel war mit dem Deal zufrieden, er fand es ganz in Ordnung, daß die Kleinen und Benachteiligten sich bei den Begüterten bedienten. Er mochte Diebe, das gehörte zu seiner Interpretation von *Völker, hört die Signale.*
Er verließ Hot and Ice.
Mohammed war über das Trinkgeld verblüfft. Jetzt mußte er in die Kälte hinaus, eine Telefonzelle suchen und «die Chefs» informieren, daß Gabriel das Hotel verlassen hatte.
«Scheißsicherheitsvorkehrungen!»
Hinter dem dunklen Fenster von Zimmer 7 verfolgte Annick Le Goff den Lauf der Dinge. Sie wartete auf ihre Stunde ...

WO DER MANN EIN HUND FÜR EINE FRAU IST

Queen – I hear him coming.
[Polonius hides behind the arras.]
(Übers. Königin – Ich hör ihn kommen.
[Polonius versteckt sich hinter dem Wandbehang.])
Shakespeare
Hamlet, 3. Akt, 4. Szene

Gabriel hatte sich im Eingang von FRANPRIX zusammengerollt, direkt unter dem kleinen blauen Plakat «Gratis-Taufe – Jeden Freitag um 20.30 Uhr – Tauchen Sie mit Léo Mare!» Er hatte den eiskalten Platz von Stehlampe junior eingenommen, zwischen seinen Kartons und Plastiktüten. Eingemummt in die Decken und Vorhänge aus dem Hotelzimmer, überwachte er die Fenster und den Eingang von Cheryl. Zuvor war er um das Haus herumgegangen, auf die Mauer des kleinen Hofes geklettert und hatte durch die Oberlichter die Tür und die Fenster der Wohnung seiner Geliebten überprüft.
Beim Lesen der letzten Nachricht von Annick hatte er Angst bekommen, daß ihre neurotischen Wahnvorstellungen sie dazu bringen könnten, den Friseursalon anzustekken, aber andererseits wollte er nur ungern Cheryl aufwecken, um ihr seine vielleicht unnötigen Befürchtungen mitzuteilen. Sie hätte niemals derart nebulöse Erklärungen über eine ‹angeblich mögliche› Brandstiftung akzeptiert.
Deshalb zog er es in dieser Nacht vor, sein *Kro* auf dem Asphalt zu trinken.
Dabei hatte er zumindest eine Gewißheit: Wenn sich diese irre gewordene Annick blicken lassen würde, wäre er wie Hamlets Geist zur Stelle. Ein frisierter Zwergpudel, der in einem wasserdichten Gummimantel von Hermès steckte,

schnüffelte an seinen Decken herum. Als Pulp grunzte, hätte das Hündchen fast einen Herzanfall bekommen. Sein Frauchen nahm es auf den Arm und setzte es auf den Rücksitz ihres metallic BMW. Vielleicht war sie eine Nutte, vielleicht war sie Anouk Grinberg, und vielleicht machte sie es sogar umsonst. Aber die Frau sah nicht einmal nach, ob er wie Gérard Lanvin aussah. Mit einem satten Sauggeräusch fuhr sie los, im gelben Scheinwerferlicht tanzten die Schneeflocken.

Das Bier war warm, immerhin ein Pluspunkt, und da er keinen Videorekorder dabei hatte, konnte er sich immer noch nicht die VHS-Kassette ansehen.

Die Bullen waren ratlos: Wollte Pulp sich über sie lustig machen, oder was?

Er lag jetzt auf dem Platz von CNZ1, gegenüber vom Friseursalon, und rührte sich nicht. In dieser Nacht war die soziale Schwelle zwischen drinnen und draußen ausgehebelt.

WO DIE FRAU KEIN HUND FÜR DEN MANN IST

*Queen – Mad as the sea and wind.**
(Übers. Königin – Er rast wie See und Wind.)
Hamlet, 4. Akt, 1. Szene

* *«‹Blasted with ecstasy›, ruft auch Ophelia nach ihrer Unterredung mit Hamlet aus. Offensichtlich folgt die Königin der Empfehlung Hamlets, was das Geheimnis seines vorgetäuschten Wahnsinns betrifft (3. Akt, 4. Szene), aber sie glaubt, daß ihr Sohn Polonius unter dem Einfluß einer Sinnestäuschung getötet hat. Indem sie sich an Hamlets Reaktionen auf das Erscheinen des Geistes erinnert, den er als einziger gesehen hat, kann Gertrude weiterhin einige Zweifel hegen, was den Geisteszustand ihres Sohnes betrifft.«* Anmerkung von André Lorant in *Shakespeares Hamlet.*

Gabriels erste Vision war das kleine Höschen von Véronique, die über ihn hinwegsprang. Die zweite ihr Dekolleté, als sie sich zu ihm herunterbeugte und ihn schüttelte. Die dritte Vision waren die nackten Brüste und die Muschi von Cheryl, die mit halboffenem Morgenmantel sein Gesicht streichelte und seinen Namen rief. Er versuchte, diesen Traum zu verlängern, aber die bissige Kälte, die Nasenlöcher der Gaffer, die auf dem Kopf stehende Straßenlaterne und das Vordach von FRANPRIX brachten ihn zu der Erkenntnis, daß er lang ausgestreckt auf dem Gehweg lag. Er tastete nach der Decke und kniff die Augen zusammen, um sich vor der gleißenden Helligkeit der verschneiten Häuser zu schützen.

«Chéri ... Chéri, wir sind es ...»

Endgültig bei vollem Bewußtsein, sagte Gabriel sich, daß er die Gelegenheit noch etwas ausnützen könnte, wobei er sich an eine detaillierte Wahlanalyse erinnerte, die besagte, daß die Wahlbürgerschaft des 11. Arrondissement bei den letzten Kommunalwahlen mehrheitlich gegen Rechts gestimmt hatte. Er stöhnte. Eine vor Mitleid triefende Frau fragte ihn: «Wie können wir Ihnen helfen? Was fehlt Ihnen denn??»

«Ein heißer Kaffee.»

Einstimmig schlugen sie das Popincourt, Croissants und Butterbrote vor. Er zog eine Grimasse.

«Ein kaltes Bier, oder besser zwei.»

Ein Teil der Leute begann zu überlegen, ob dieses alkoholische Wrack nicht genau das hatte, was es verdiente.

«Ein heißes Bad.»

Die Passanten um ihn herum verstummten. Von der Barmherzigkeit zur Solidarität war ein weiter Weg. Eine Stimme schlug immerhin vor, Geld für das öffentliche Bad zu sammeln.

Cheryl und Véronique zerrten an seinen langen Armen, um ihn aufzurichten. Er schrie auf und löste damit einen Humanitätsschub unter den Fußgängern aus.

«Ich will Zärtlichkeit.»
Jemand schlug vor, die Feuerwehr zu holen. Eine Frau reichte ihm die Hand, Gabriel lächelte.
«Einen Kuß, einen heißen.»
Nächstenliebe hat Grenzen, die Frau zögerte.
Cheryl überwand ihren Zorn, stieß Véronique beiseite, die sich bereits opfern wollte, und drückte ihre Lippen auf seinen Mund. Er umarmte sie und umschlang sie mit seinen zerfetzten Decken. Die Menge forderte Anpassung und Moral und schrie, daß man die Polizei holen solle.
Véronique entblößte die verschlungenen Körper und wandte sich an die Mitbürger.
«Und so lebten sie glücklich bis an ihr Ende und hatten viele Kinder!»
Gabriel stand auf und nahm Cheryl in den Arm. Von Beifall begleitet, gingen sie über die Straße in den Salon.
Cheryl forderte Erklärungen.
Gabriel forderte ein Sudden Death.
Véronique reichte ihm einen Becher Petrole Hahn.
Im Sessel sitzend, umrahmt von zwei jungen Frauen, verspürte er so etwas wie den Hauch des Revolutionsgerichts. Er log, damit ihm nicht das Fell gerupft wurde.
«Da du mir deine Wohnung verboten hast, ich aber nicht auf dich verzichten kann und da Véronique mehr auf Stehlampe junior steht, habe ich beschlossen, ein Sit-in zu machen, eine Protestbesetzung! Nieder mit den Haarschneiderinnen!»
Cheryl hielt eine Schere unter seine lange Pinocchio-Nase.
«Okay, okay ... Hoch lebe die Kopfwäsche: Wegen der letzten Nachricht von dieser verrückten Unbekannten hab ich befürchtet, daß sie Feuer legen könnte ... Ich hab Wache geschoben.»

«Im Schlaf?»

«Ich hab nur so getan.»
«So wie du nur so getan hast, Annick Le Goff nicht zu kennen!»
Das war ein harter Schlag. Selbst für einen erfahrenen Lügner wie Gabriel. Véronique wedelte mit einer Videokassette.
«Heute morgen um fünf klingelt das Telefon: ‹Guten Tag, ich rufe Sie an, weil ich Pulp eine zweite Kassette übergeben wollte, aber er schläft auf der Straße … gegenüber vom Salon. Ich hab die Kassette auf ihn draufgelegt, aber ich glaube, Sie sollten mal rübergehen. Tiefgefrorener Pulp ist ja ziemlich ekelhaft.› Ich hab gefragt, wer da spricht, und sie hat geantwortet: ‹Sagen Sie ihm, Annick … Annick Le Goff, dann weiß er Bescheid›…»
«Véro hat versucht, mich anzurufen, aber ich hatte mein Telefon abgeschaltet, deshalb ist sie hergekommen und hat mich geweckt.»
Gabriel richtete sich auf.
«Und danach dann mich. Danke, Véronique, daß du uns im Schlaf gestört hast. Ich schlage die Auflösung ihres Arbeitsvertrages vor, Entlassung! Nächstes Mal soll sie doch Chirac und Juppé wecken!»
Und mit diesen Worten stakste er würdevoll hoch in Cheryls Wohnung.

VOM GESTANK IM KÖNIGREICH DÄNEMARK

Rosencrantz – What have you done, Milord,
with the dead body?
(Übers. Rosencrantz – Herr, was habt Ihr getan
mit jenem Leichnam?)
Shakespeare
Hamlet, 4. Akt, 2. Szene

«Das Meer, dessen Schluchzen mein Schlingern sanfter machte,
Hob mir seine Schattenblumen mit den
gelben Saugnäpfen entgegen.»
Rimbaud

Gabriel ließ Annicks Video schneller vorlaufen. Eine Reihe von verwackelten Aufnahmen der Halbinsel Kerletu. Annicks Kommentar war nicht mehr zu verstehen. Manchmal drückte er wieder auf ‹Play› und erkannte Zitate aus *Die Arbeiter des Meeres* von Hugo, dann Homer, Lautréamont, *Moby Dick* und Jules Verne.

Wogen, der Wind in den Bäumen und Sonnenuntergänge rhythmisierten diese armselige Dokumentation, die so wirkte wie die Fernsehsendung *Geheimnisse der Geschichte*. Gabriel hatte das Gefühl, sich noch mal den *Letzten Kaiser* von Bertolucci anzusehen.

Widerwillig legte er die zweite Kassette ein. Man sah Cheryls verpacktes Auto, dann ein langsamer Schwenk zu einem grünen Peugeot, aus dem Stehlampe junior ausstieg. Gabriel hielt das Band an. Es war wirklich Stehlampe junior, der einige Sekunden später Kommissar Vergeat vom Staatsschutz begrüßte. Ein weiterer Typ am Steuer war nicht zu identifizieren.

Eine neue Sequenz: die Fassade des Pied de Porc, dann ein ungeschickter Zoom auf drei Typen, die in einen blauen Renault-Lieferwagen einstiegen. Dann eine verwackelte

Großaufnahme des Kennzeichens 1260 VP 75. Eine weitere Großaufnahme: Pulp erkannte den Typen mit der Feder am Hut wieder, den er bei den Hallen entdeckt hatte. Dritte Sequenz: Annick hatte Gabriel gefilmt, wie er an der Haltestelle des 69er Busses wartete, über die Straße ging und einen anderen Bus nahm, dann derselbe Bulle im Gabardine-Anzug wie zu Anfang des Videos, der sich in den grünen Peugeot stürzte und wendete. Schnitt. Die Fassade des Friseursalons. Stehlampe junior, der in seinen Walkman sprach ... Das war das letzte Bild.

Das genügte, um Gabriel zu überzeugen, daß es Zeit war, sich in Schale zu werfen. Er nahm die Levi's, die Lederjacke und die Reebocks aus dem Schrank.

Dann wühlte er in den Stofftieren herum, zog einen Hasen bei den Ohren, drehte ihn um und – nichts als das ungute Gefühl, daß die Sache komplizierter wurde. Der Reißverschluß war geöffnet, der Hase leer: Seine 7,65 war verschwunden.

Er holte tief Luft, sah auf die Stofftiere und durchwühlte Cheryls sämtliche Maskottchen. Schlachtete ein Känguruh aus. Nichts. Oder vielmehr eine seltsame Entdeckung, eine Schachtel mit Kugeln für eine 9mm Parabellum. Nie und nimmer hatte er diese Schachtel dort deponiert. Hektisch stürzte er ins Badezimmer, drehte das Radio laut und die Dusche über Cheryl auf, die sich eigentlich gerade abtrocknete, und erklärte ihr im Lärm des Wassers und der Musik, was los war.

«Wir werden überwacht, abgehört. Telefon und Wohnung. Meine Kanone ist verschwunden. Ich habe eine Schachtel Munition gefunden, die mir nicht gehört. Wer ist hier gewesen?»

«Niemand.»

«Ist hier irgend jemand raufgegangen?»

«Äh, nee ...»

«Mir sind deine Lover scheißegal. Sag es mir, auch wenn es dir peinlich ist!»

«Nein, niemand.»

«Und am Wochenende?»

«Nur Belle.»

«Belle?»

«Na ja, ich hab dir doch gesagt, daß sie hier geschlafen hat ...»

«Hat sie die Stofftiere angerührt?»

«Nein, ja, ich weiß nicht ...»

«Aber das ist doch bekloppt. Man klaut meine Waffe und läßt eine Schachtel mit 9mm-Munition zurück. Was soll das? Und dann all diese Bullen in meiner Umgebung. Was hat das alles zu bedeuten?»

«Vielleicht hängt das mit deinem letzten Fall zusammen», flüsterte Cheryl.

Gabriel starrte sie einen Moment an.

«Ich werd die Bullen aufscheuchen, das ist mal was anderes ...»

Er machte Cheryl ein Zeichen und legte seinen Zeigefinger auf den Mund, damit sie sich still verhielt.

Sie stellte die Dusche ab, er drehte das Radio leiser und rief im Pied de Porc an.

«Hallo, guten Tag, hier ist Gabriel, ist der Chef da?... Ich bin's, wie geht es Maria?... Und letzte Nacht?... Na prima. Ich gehe zu Belle und komme dann vorbei ... Bis später.»

Dann wählte er die Nummer von Pedro. Als sein alter Freund abhob, erklärte er ihm, daß er ihn sehen wolle, daß er aber erst zu Belle gehen würde und hoffte, ihn am Nachmittag zu treffen.

Cheryl hatte mit Lippenstift an den Spiegel geschrieben: «Telefon wird abgehört».

 Er beruhigte sie mit einer Geste und sprach zu den eventuellen Mikrophonen in der Wohnung.

«Chérie, ich geh in die Rue Bachaumond und bleibe ein bißchen bei Belle ... Wir sehen uns später.»
Er ging zum Fenster und spähte nach Stehlampe junior. Aber wie zu erwarten, war niemand zu sehen. Er schrieb Cheryl den Zeitpunkt und den Ort des Treffens auf. Sie gab ihm eine Rose für Belle mit.
Über der Stadt wütete ein Sturm. Schnee und Donner. Das war ebenso ungewöhnlich wie ein Pulp, der ohne Waffe und statt dessen mit einer Blume in der Hand zur «Arbeit» ging.
Das Telefon klingelte. Der Anrufbeantworter sprang an. Die Stimme von Annick erklang. *«Es gibt kleine Schlauberger, die Häufchen von humanistischen Zeitungen auf dem Tresen machen. Andererseits habe ich den Eindruck, daß unsere Freunde, die Tiere, auf ihren Vereinssitzungen die Ihrigen machen. Wiederaufgewärmter Pulp ist ekelhaft. Vorsicht vor dem Tod, vor einem Hinterhalt, einem ‹Coup de Jarnac›...»*
Ende der Durchsage.

und die Liebe am Montag 15

WO ES BULLEN UND BULLEN GIBT

Hamlet – O, from this time forth,
my thoughts be bloody,
or be nothing worth!
(Übers. Hamlet – Oh: von nun an schrei nach Blut,
mein Denken, oder sei zu nichts mehr gut!)
Shakespeare
Hamlet, 4. Akt, 4. Szene

Gabriel hatte das Gefühl gehabt, bei seinen Anrufen direkt mit der Polizeizentrale verbunden zu sein. Er hatte seinen Start und sein Ziel angegeben und sich genau an diesen Weg gehalten. Aber er sah nicht den geringsten Schatten eines Bullen, obwohl er jeden Obdachlosen und Maronenverkäufer genau unter die Lupe nahm. Erst als er aus der Rue Montorgueil heraustrat, stieß er auf eine Art Generalversammlung der Polizei.

Überfallkommando, Mannschaftswagen, Feuerwehr, Bullen in Zivil und in Uniform tummelten sich vor Belles Haus. Bei einem solchen Aufgebot ahnte man nicht, man wußte, daß etwas sehr Ernstes vorgefallen sein mußte. Es war schlimmer. Belle hatte sich umgebracht. Inspektor Minkowski nahm Gabriels Personalien auf, dem auffiel, daß er und der junge Polizist ganz ähnlich gekleidet waren. Pulp wunderte sich, daß er nichts fühlte, keinerlei Empfindung hatte, aber die geringsten Details registrierte. Er spielte den traurigen, betroffenen Freund.

Pulp beobachtete fasziniert die Typen von der Spurensicherung. Sie fotografierten neben dem Bett eine kleine rote Plastikschachtel, die Kugeln für eine 9mm-Parabellum enthielt und genauso aussah wie die, die er zwischen Cheryls Stofftieren gefunden hatte. Gabriel gab die üblichen Belanglosigkeiten von sich.

«Gestern war noch ein Artikel im *Parisien* ... Wissen Sie, über die Fortschritte in der Aids-Forschung.»

«Seit wann war sie krank?»

Pulp hatte sofort die beiden Waffen entdeckt: seine eigene 7,65er auf der Bettdecke und immer noch in der rechten Hand, die auf den Abzug gedrückt hatte, eine Waffe vom Kaliber 9mm. Er trat näher. Eine österreichische Automatik, Marke Glock.

Gabriel wandte sich an den Inspektor.

«Darf ich die Rose ins Regal legen?»

«Ich glaube, es ist besser, nichts zu verändern, bis meine Kollegen mit ihrer Arbeit fertig sind.»

«Wann ist es passiert?»

«Ich weiß nicht. Ihre Haushaltshilfe hat uns ungefähr um acht verständigt.»

Gabriel betrachtete die getrocknete Rose am Kopfende des Bettes. Rot-schwarze Blütenblätter. Eine Kugel in die Stirn, getrocknetes Blut, sie hatte sich in der Nacht getötet. Der Polizist wandte sich wieder an Gabriel.
«Vor einer Stunde haben wir ihre Mutter verständigt, sie kommt ins Leichenschauhaus. Die Krankheit muß einfach zuviel gewesen sein ...»
«Vielleicht ist es besser so.»
Ein zweiter Inspektor stellte sich vor.
Ein ziemlich dicker Typ, etwa dreißig, joviale Miene, Lederjacke, Levi's, Reebocks ...
«Inspektor Martin ... Gehören Sie zur Familie?»
«Nein ... Ich stand ihr sehr nahe.»
Er sah in Minkowskis Notizbuch und zog Gabriel zum Abwaschbecken. Belle hatte ihre Briefentwürfe verbrannt.
«Man kann noch lesen ‹Gabr›...»
«Sie wollte mir schreiben ... Gibt es sonst nichts?»
«Nichts.»
Der Inspektor ließ sich Zeit. Er sah auf den Bildschirm des Fernsehers, der immer noch lief.
«Haben Sie eine Idee, wo diese Waffen herkommen?»
Gabriel setzte eine Leidensmiene auf und antwortete mit der erschöpften Stimme eines Tragöden.
«Absolut keine Ahnung.»
«Unter welcher Adresse sind Sie erreichbar? Für den Fall, daß Kommissar Scali genauere Auskünfte benötigt.»
«Sagen Sie, Herr Inspektor, wie lange wird es wohl bis zur Beerdigung dauern?»
«So lange, wie die Gerichtsmediziner und Ballistiker brauchen ... Sagen wir, zwei, drei Tage.»
Martin machte Minkowski ein Zeichen mitzuschreiben. Gabriel berichtigte die Adresse des Hotels Nice.

«Nein ... aber nein, nicht Rue Saint-Mort, nicht Tod ... Maur! (er buchstabierte) M-A-U-R.»

VON DER KUNST DER SODOMIE

«Gabriel – Ich geh zu Belle und komm dann zu dir.
Pedro – Ich bin da.
Gabriel – Hasta la victoria (bis zum Sieg)»

PROTOKOLL DER TELEFONÜBERWACHUNG
QUELLE: CHERYL COIFFURE
GESPRÄCHSPARTNER: GABRIEL LECOUVREUR,
ALIAS «PULP». LUIS AMARO, ALIAS «PEDRO».
REF RG - DM 2324 VOM 10/1/96

Mars, Orpheus, Ramses und Thetis sahen genauso grimmig aus, wie es der Bedeutung ihrer Anfangsbuchstaben entsprach: MORT = Tod. Die Gruppe ROMERO hatte sich erbittert über den gescheiterten Staatsstreich in Conakry im westafrikanischen Guinea gestritten, der zur Kaltstellung von Oberst Abdulrama Diallo und zu hundert Toten geführt hatte. «Ganz zufällig» war bei der Gelegenheit einer ihrer wenigen Agenten ermordet worden, der eine Verbindung zur Volksgruppe der Malinke hatte. Dann endlos Diskussionen und wieder keine Übereinstimmung zum Thema des Mordanschlags auf Alex Ibru in Nigeria, den ehemaligen Innenminister und Chef der Pressegruppe *The Guardian*. Es folgten drei Stunden heftiger Polemik, um zu entscheiden, ob die Unterstützung des Emir Khalifa von Katar gegen seinen Sohn Scheich Hamad das beste Mittel war, dem Druck der Fundamentalisten standzuhalten, während die Aufstände in Bahrain vom Iran unterstützt wurden und den «Dienst» immer mehr zwangen, sich von den Engländern abhängig zu machen. Plötzlich ging Mars in die Luft. Er hatte das dechiffrierte Fax gelesen, in dem berichtet wurde, daß Belle sich mit der 9mm-Glock umgebracht hatte, die eigentlich bei Pulp gefunden werden sollte. Auch die anderen lasen die Meldung.

«Seid ihr von den Sozialisten unterwandert, daß ihr solche Nieten seid, oder was?»
Thetis versuchte, es mit Humor zu nehmen.
«Bei Pulp ist oft Sand dazwischen, ich ...»
Mars unterbrach sie.
«Eure Teams sind noch schlechter, als ich dachte, Spitzenathleten, Weltmeister! Ich glaube, die sind völlig bekifft ... Diese Geschichte wird langsam gefährlich ... Pulp, die Kripo, alle werden sich fragen, woher diese Waffe stammt ...»
Ramses hob zu einer Erklärung an.
«Aber wenn Annick Le Go...»
Mars ging an die Decke.
«Es gibt kein ‹Wenn› und ‹Aber› mehr, ich will keinen Bericht mehr, ich will eine Vollzugsmeldung!»
«Zu viele Zeugen, sie werden uns selber am Arsch kriegen ... Vorsicht vor den Homos!»
Mars schob seine Notizen in den Reißwolf. Alle hatten den Befehl verstanden: «Vorsicht vor den Homos!»
Das bedeutete, daß die Einsatzgruppe eine Operation «Homo» machen, das heißt die entsprechenden Ziele eliminieren sollte.
Manchmal, wenn die Stimmung weniger angespannt und man eher *politically correct* bestimmt war, scherzte Mars: «Vorsicht vor Procter & Gamble», was soviel bedeutete wie Operation «OMO», eine große ‹Waschaktion› zur Eliminierung aller Zeugen, die eine Mission der Gruppe ROMERO gefährdeten.
Aber ob «Homo» oder «OMO», in jedem Fall war damit das Todesurteil für Gabriel Lecouvreur alias Pulp gesprochen.

DIE POSITION DER KIRCHE ZUR SODOMIE

*Hamlet – I see a cherub that sees them.**
(Übers. Hamlet – Ich sehe einen Engel, der sie sieht.)
Shakespeare
Hamlet, 4. Akt, 3. Szene

* Der Prinz ahnt die Absichten seines Gegners. Vgl. *«Und der ganze Leib der Cherubim, ihr Rücken, ihre Hände und ihre Flügel waren voll Augen . . .»* (Hesekiel 10, 12)

Als Gabriel mit einer Rose in der Hand die Tür zur Kirche Saint-Blaise aufstieß, in der die Trauerfeier für die Beerdigung von Maryline stattfand, drehten sich alle nach ihm um. Er spürte, wie aus der Versammlung ein einziges Gebet aufstieg. Man konnte den Stoßseufzer des heiligen Geistes fast mit Händen greifen. Die Andacht war so stark, daß er in der Stille Stimmen zu hören glaubte, die aussprachen, was alle dachten: «Verpiß dich!»

Schwarze Lederjacke und Turnschuhe waren eindeutig die neue Uniform der Bullen. Erst als er an den brennenden Kerzen vorbeiging, erkannten ihn «die Angeberin», «der Dicke» und «Wauwau» und entspannten sich.

Thierry, der Liebste von Maryline, sandte ihm aus verweinten Augen ein Lächeln. Gabriel glitt zwischen die Betstühle. Er grüßte Rita und «die Leuchte». Die ganze kleine Gemeinschaft des Dreiecks Houdon-Abbesses-Pigalle war in der Messe zu Ehren von Jean Joseph Aristide alias Maryline versammelt.

Gabriel schob sich an den «Akrobaten» heran, den Schlepper vom *Exotica*. Dieser hob abwehrend den Arm, als ob er sich vor einer drohenden Ohrfeige schützen wollte.

«Hast du dem Künstler noch einen Abschiedskuß gegeben?»

Der Akrobat stammelte, daß er schließlich auch arbeiten

müsse und daß es dieses Mal nicht die vom Rauschgiftdezernat waren, sondern die von der Kripo, die ihn ausgequetscht hätten.

Gabriel war völlig überrascht von dieser plötzlichen Beichte. Sie entsprang wohl dem Druck und der Kraft der alten Mythen: Christus und Judas. Der Pfaffe sprach von einer Schafherde und erzählte eine düstere Schäfergeschichte.

Der Akrobat setzte sein Getuschel fort.

«Beim ersten Foto, das man mir von dir zeigte, hab ich gesagt, kenn ich nicht, auf dem zweiten war meine Rübe ... Ich hab gesagt, kenn ich ... normal ... verstehst du, Pulp, normal ... Auf dem nächsten waren du und ich vorm *Exotica* ... Was hätte ich machen sollen?»

«Sagen, daß ich ein Kunde war ...»

Über das Gesicht des Schleppers zog ein kümmerliches Grinsen.

«Genau das hab ich gesagt, Mensch ... Genau das hab ich gesagt und mir meine erste Ohrfeige eingehandelt.»

Der Akrobat erzählte ihm, daß die Bullen rauskriegen wollten, ob Pulp sich nach dem Kraftprotz vom Geheimdienst erkundigt habe, der wie ein Skin aussah.

«Aber vor allem wollten sie wissen, ob du versucht hast rauszukriegen, mit was A. von K. sich vor seiner Hinrichtung beschäftigt hat ... Ich habe nichts gesagt ... Ehrenwort ... Ich hab dich gesucht ... Ich wollte Maryline warnen, aber ... Das Krankenhaus, und jetzt ist es zu spät ...»

Der Schlepper schluchzte.

All das war unter der Kuppel der Kirche Saint-Blaise recht seltsam. Gabriel stellte fest, daß es ihm scheißegal war, was der Typ bei den Polypen ausgeplaudert hatte. Er dachte an Maryline, an Belle. Beide hatten eine verlogene Moral abgelehnt, beide hatten versucht, frei zu leben. Gabriel überraschte sich dabei, wie er über den Preis nachdachte, den

Preis für diese «Verfehlung»: wahrscheinlich der Duft des Weihwasserbeckens.

Vor ihm kramte «die Königin», die nach der Mode aus der Zeit Ludwigs XIV. gekleidet war, nach einem Kleenex und mußte sich zum ersten Mal damit die Nase putzen. Nadja mit ihrem unglaublich blonden Sauerkrautkopf, blaß wie ein Leichentuch, betete stumm die Litanei des Priesters nach.

Dealer, kleine Zuhälter, Barkeeper vom Royal Pigal und die Transvestiten aus der Passage Véron standen um «die Dreigroschenhure» herum und heulten.

In der ersten Reihe die Familie Aristide. Die Mutter und die Großmutter des Transvestiten waren gekleidet wie Prinzessinnen. Die kleinen Kinder wurden unruhig.

Pater Joinet gelang es, sie auf ihren Plätzen zu halten, indem er ihnen eine schöne Geschichte erzählte.

«Meine Kinder, in eurem Liebesleben seid ihr frei. Aber es gibt Aids, das wie das entfesselte Meer ist. Wichtig ist es, im Boot zu bleiben, niemals ins Wasser zu fallen, sonst werdet ihr darin umkommen.»

Der Sarg, die Blumen, das Weihrauchfaß, aus dem eine duftende Rauchspirale aufstieg. Thierry, den Liebhaber, übermannte die Erinnerung an seine Maryline.

«Es gibt drei Boote, das Boot Keuschheit, das Boot Treue und das Boot Präservativ.»

Pulp fragte sich, ob der Priester sich an diesem kalten Januartag nicht in die menschliche Gattung verliebt hatte und ob Gott ihn nicht unmittelbar zum Papst erheben würde.

«Wählt das Boot, das euch gefällt. Macht soviel Werbung, wie ihr wollt, für das Boot, das ihr wollt. Aber vor allem, ich bitte euch, fallt nicht ins Wasser. Das habe ich auch Jean Joseph erklärt, und ich bin sicher, daß er wollte, daß ich es für euch wiederhole. Ihr könnt das Boot wechseln und von

einem zum anderen gehen. Aber fallt niemals ins Wasser. Amen.»
Pulp dachte an die Arschlöcher von Bullen. Sie wollten ihn über Bord schmeißen, ins Meer werfen. An das Gleichnis von den drei Fotos und die Parabellum 9mm, eine Knarre Marke Glock. All das war unheimlich, er dachte an Belle, und die salzigen Tränen, die ihm über die Wangen liefen, erschienen ihm süß.

17 WO MAN DIE GRENZEN DER SODOMIE BESCHWÖRT

King – What is the matter?
(Übers. König – Was ist geschehen?)
Shakespeare
Hamlet, 4. Akt, 5. Szene

Pedro hatte einen guten Vorrat von *San Miguel* angelegt, ein trockenes Pils, das nach Hopfen schmeckte. Er kannte seinen Pulp und hatte bei ihrem Telefongespräch gleich gemerkt, daß es sich um eine lange Geschichte handelte und der Durst groß sein würde.
Aber die Geschichte war ganz kurz.
«Belle hat sich umgebracht.»
Sie tranken zwei Dosen, wortlos.
Der Heizkessel klapperte, Pedro ging zum Anzeigefenster und machte eine schreckliche Verrenkung, um die Wasserpumpe wieder in Gang zu bringen. In diesem rostigen langen Frachtkahn war alles schief. Vor zwanzig Jahren war alles einfach gewesen, es gab viel Platz, fünfzig Meter, sechs Trennwände. Aber nach und nach hatte der Ausstoß von Pedros Druckmaschine das Schiff in eine Art auf dem Kopf stehenden Dachspeicher verwandelt, in eine schwimmende Rumpelkammer.
Die siebte Dose. Gabriel sprach mit seinem alten Freund,

der seit dem Tod seiner Eltern in einer freiwilligen Vormundschaft über seine ersten Schritte gewacht hatte.

Gabriel ließ nichts aus. Maryline, Cheryl, Annick Le Goff, Maria, der Selbstmord von Belle, die Verfolgungen, die Videokassetten, das Verschwinden seiner Waffe und die Entdeckung der Glock-Automatik in der Hand der blutüberströmten Belle ... und die dazu passende Schachtel mit Munition.

Pedro seufzte über seinem Bierschaum.

«Was willst du wissen, was du nicht schon weißt?»

«Ich will eine Smith & Wesson mit Schalldämpfer ... oder so was Ähnliches.»

«Hab nix da ... Weißt du doch ... Außerdem, das ist ziemlich bescheuert ...»

Die Rohre vibrierten jetzt ziemlich beunruhigend. Pedro zog seine Baskenmütze über die Ohren und stieg auf die Brücke. Gabriel folgte ihm. Der stürmische Wind fegte nasse Flocken herbei, die Pappeln verloren ihre Äste. Zwischen den Haltetauen staute sich modriges angeschwemmtes Holz. Die Marne warf die Kadaver von Flaschen und alte Präser auf den steifgefrorenen Morast. Pedro kroch auf allen vieren über die Reling und werkelte an einem Kupferrohr. Gabriel stand mit einem Fuß in einem alten gelben Plastikeimer und reichte ihm die Werkzeuge.

«Ein, zwei Pistolas, und was hast du sonst noch für Beweise, amigo?»

Pedro kämpfte gegen das Schlingern. Er argumentierte zwischen Schraubenschlüssel und Hammer. Pedro erklärte: «Wenn man gegen Armee und Bullen kämpfen will, muß man mindestens so effektiv sein, und wenn man den Sieg will, muß man noch effektiver sein, und so wird man gezwungen, ihre Mittel zu benutzen, ihre Waffen, ihre méthodos, und wenn der Sieg der Zweck wird, wird man poco a poco genauso wie die, gegen die man kämpft, das heißt, noch schlimmer.»

Gabriel machte sich über ihn lustig und fragte, seit wann er auf den Kurs von Jacques Delors eingeschwenkt sei. Auf seine alten Tage sei er wohl ziemlich heruntergekommen: vom Anarchismus zur Sozialdemokratie.

Er schrie, daß man ihn in die Scheiße geritten habe, daß er eine Knarre wollte. Und zwar sofort.

Der alte Pedro grinste und verschwand in einer Luke. Sie trafen sich am Heizkessel wieder.

«Du weißt nicht, was es für die Geheimdienste bedeutet, *eine Tür zuzuschlagen* ... Das bedeutet: eine Spur abzudichten. Diese Glock-Pistole war dazu da, *eine Tür zuzuschlagen*, und du willst sie wieder aufreißen? No, du hast keine Chance, gegen ihre Armee, nada ...»

«Meinst du etwa, ich soll aufgeben? Daß ich mich verdrücke, daß ich die Tür zulasse? Daß ich in Rente gehen soll und dir helfe, an deinem Scheißkahn rumzubasteln? Du willst mich wohl verarschen!»

«Du hast mir nicht zugehört ... Nimm dir Papier, und schreib alles auf, todo, gib die Videokassette an die Zeitungen weiter. Gegen Dunkelmänner hilft nur das Licht der Öffentlichkeit. Verstehst du ... Cretino! Sie fürchten das Licht ... Das ist deine Waffe ...»

«Jetzt versteh ich endlich, warum die POUM plattgemacht wurde.»

«Ve te a joder! Besser ein Sieg ohne Kampf als hundert siegreiche Kämpfe.»

Pulp seufzte grinsend in sein *San Miguel*, aber die Abgebrühtheit des Alten beeindruckte ihn doch.

VON MONTPARNASSE BIS ZUM TARPEJANISCHEN FELSEN

Horatio [reads] – . . . And repair thou
To me with as much as speed as thou
Wouldest fly death.
(Übers. Horatio [liest] – . . . und begib dich dann so eilig zu mir,
als wolltest du dem Tod entfliehen.)
Shakespeare
Hamlet, 4. Akt, 6. Szene

Züge, Bahnsteige, Gepäck. Da der Bahnhof Montparnasse nur aus Rolltreppen, endlosen Gängen, Zwischengeschossen und Fahrstühlen bestand, war jede An- oder Abreise, bei der man mehr als einen Koffer hatte, quasi unmöglich. Aber Gabriel wußte, warum das Ding so gebaut worden war. Dieses Labyrinth war für seine Treffen mit Guillaume gebaut worden, der niemals einen Koffer dabeihatte.

Gabriel ließ ihm nie die Zeit zum Kofferpacken. Als Gabriel ihm zum Beispiel heute morgen eine verschlüsselte Botschaft ins Telefon gesprochen hatte, hatte Guillaume nur geantwortet: «Freitag, zweiundzwanzig Uhr», was bedeutete: «Heute, Mittwoch, neunzehn Uhr.» Er hatte Guillaume vom Stapel laufen lassen.

Guillaume Lacassin, fünfundvierzig Jahre alt, ein Kampfgefährte von Belle, ehemaliger Leiter der verbotenen Revolutionären Kommunistischen Jugend. Er arbeitete als Schiffsbauingenieur in Nantes. War es die körperliche Ähnlichkeit? Die schönen Erinnerungen? Die gemeinsame Liebe zu Belle? Oder ihre seltsame Übereinkunft, die ihre Existenz zusammenschweißte? Gabriel benutzte den Personalausweis von Guillaume, bei dem Pedro nur das Paßbild und den Stempel ausgetauscht hatte. So hatte er bei allen möglichen Kontrollen echte falsche Papiere. Gabriel hatte das Alter von Guillaume, Guillaume hatte den Kopf von Gabriel.

Soldaten und Polizisten mit umgehängten Maschinenpistolen zertrampelten die aufgeweichten Pappkartons von Obdachlosen.

Gabriel kamen weitere Grundfragen in den Sinn. Warum war das Bier in den Bahnhofskneipen immer so mies? Er wußte die Antwort: Weil Guillaume und er sich niemals in diesen Kneipen trafen – sie hatten ihren eigenen Treffpunkt.

Zur nicht genannten Stunde, neunzehn Uhr, sah er die lange Silhouette von Guillaume unter der Abfahrtsanzeige. Er hütete sich davor, ihm zuzuwinken, sondern ging an ihm vorbei und kaufte eine Zeitung. Das war das Zeichen, daß bis jetzt alles gut lief. Dann ging er in die Schalterhalle. Guillaume folgte ihm im Abstand von zwanzig Metern. Gabriel blieb stehen, um zu telefonieren, so daß Guillaume die Gelegenheit hatte, ihn zu überholen und seinerseits eine Zeitung zu kaufen. Damit war klar, daß er nicht verfolgt wurde.

Jetzt ging Gabriel hinter ihm her, so daß er feststellen konnte, daß ihm keiner in die Metro folgte. Sie standen an den entgegengesetzten Enden des Waggons, warteten drei Stationen ab und sprangen gleichzeitig in der letzten Sekunde heraus. Da sie die einzigen waren, die hier ausgestiegen waren, begrüßten sie sich herzlich.

«Na, immer noch Antifaschist?»

«Mehr denn je! Meine Nachbarin ist mir ja auch lieber als meine Kusine!»

Dann schlugen sie sich auf die Handflächen:

«Hasta la victoria siempre!»

Gabriel zog Guillaume zur Bar.

«Wir sollten was trinken.»

«Wie immer.»

«Nein.»
«Ist was passiert?»
«Ja.»
«Belle?»
«Ja.»
«Ist sie tot?»
Sie bestellten zwei, dann vier *O be joyfull*, den starken Gerstensaft von Blackburn.
Pulp erzählte von Montag, Dienstag und dem heutigen Morgen. Guillaume erinnerte an die 70er Jahre, als Belle die ewigen Debatten der Linken auf den Wecker gingen und erklärt hatte: «Ich hab die Schnauze voll! Statt über das Verhältnis von Banken und Kapital zu diskutieren, sollten wir lieber eine Bank überfallen!»
Sie war mit einem Kumpel in eine Bank marschiert, der derartig zugedröhnt war, daß er nicht mal mehr «Hände hoch!» rufen konnte, bevor er am Schalter zusammenbrach: sechs Monate Knast. Schweigend hingen sie ihren Erinnerungen nach. Dann kamen sie wieder auf den Selbstmord von Belle zurück.
«Aber wenn die Kanone registriert ist, können sie sie zurückverfolgen und uns einen Haufen Ärger machen.»
«Keiner kann überprüfen, woher diese Waffen stammen.»
«Auch bei deiner nicht?»
«Sie ist noch nie benutzt worden, die Nummer war abgefeilt, hältst du mich für blöd, oder was?»
«Früher haben wir die Waffen nicht weggeworfen. Es war zu schwierig, neue zu bekommen.»
«Vor allem wo du sie nie benutzt hast!»
Guillaume kniff die Augen zusammen wie ein alter Chinese.

«Du solltest Mao lesen: *Ein Sieg ohne Schlacht ist besser als hundert siegreiche Schlachten.*»

Gabriel sah ihn verwirrt an: Was hatte er gewonnen? Aber er hatte keinen Bock, sich zu streiten. Er zog den Ausweis von Guillaume Lacassin heraus und zerriß sein Paßbild.
«Ich bin ‹aufgeflogen›, wegen einer durchgeknallten Tussi ... Besser so. Denn ich brauche dich für einen siegreichen Kampf, und wenn wir zusammen sind, vergessen wir diesen Papierkram besser.»
«Wann greifen wir an?»
«Wir sind schon dabei ... aber ich muß erst mal mit Cheryl sprechen ... Wir treffen uns dann später.»
«Immer noch nicht verheiratet?»
Gabriel zeigte seine Hände.
«Kein vergoldetes Glied der Kette der Knechtschaft ...»
Geldscheine auf den Tisch. In die Hände geschlagen. Sie gingen ins Schneegestöber hinaus und gaben sich gegenseitig Deckung bis zum Hotel Nice.
An der Rezeption angekommen, fiel Gabriel auf, in welchem Maße sein Double ihm ähnelte, ein echter Krake. Guillaume konnte seinen Blick kaum von Flos Busen losreißen. Sie legte langsam die Zeitschrift *Domina* nieder und überreichte neue Briefe von Annick.
«Sie hat sich also doch noch nicht umgebracht?» Dann griff sie nach dem Zimmerschlüssel und musterte die beiden Männer.
«Wenn Sie das nächste Mal die Laken und Decken dreckig machen, nachdem Sie die Gardinen hochgeklettert sind, brauchen Sie nicht gleich alles verschwinden zu lassen, wir sind hier nicht so zimperlich!»
Der verblüffte Guillaume bat um eine Erklärung. Gabriel schob ihn zur Treppe.
«Keine Angst, Sodomie ist montags dran ...»
Einige Minuten später kam Pulp wieder zu Flo herunter.

«Wann wollen wir beiden denn die Bettdecke zerreißen?»

Gabriel bemerkte ein ironisches Blitzen in ihren Augen.
«Montag.»
Er wiederholte: «Montag, Montag ist okay» und ging hinaus.
Eine halbe Stunde später löste der Spitzel Mohammed die dunkle Flo für die Nachtschicht ab.
Er bemerkte sofort, daß der Schlüssel für Zimmer 5 nicht im Fach und daß Flo erfreulicherweise ein paar Wichsblätter für ihn liegengelassen hatte. Er eilte zum Telefon, um die Zentrale zu informieren, daß der Typ von Zimmer 5 zurück war.
Als er wieder hinter der Rezeption saß, erwärmte er sich an einem Leserbrief in *Domina* mit dem Titel «Der Tag, an dem ich eine Hure nicht zu bezahlen brauchte».
Ein Riese mit Sonnenbrille und Matrosenmütze stellte seinen Koffer an der Rezeption ab und wischte sich die Schneeflocken von seinen behandschuhten Händen.
«Mohammed?»
«Ja, das bin ich ...»
Der kleine Araber war schwer beeindruckt von dem Silberring, den der Typ über seinen Handschuh geschoben hatte. Klasse.
«Ich komme von der Zentrale ... Kann man das Licht runterdrehen?»
Stolz, Stolz war seine letzte Empfindung, denn als er sich umdrehte, um die Abendbeleuchtung auszuschalten, blieb seine Atmung stehen, und im Bruchteil der nächsten Sekunde sackte er in seinem Stuhl zusammen, ohne daß sein armseliges Leben vor seinem geistigen Auge vorbeigezogen wäre. So gesehen ein schöner Tod. Der Killer ließ das Messer in Mohammeds Rücken stecken und legte die Finger seines Opfers auf das Klebeband, mit dem er den Zünder der Gasflasche umwickelte.
Er griff zum Telefon und wählte 05.

«Hallo, Monsieur Lacassin?... Entschuldigen Sie bitte, Sie wollten geweckt werden ...»

Der Mann setzte den Zeitzünder in Gang und nahm sein Stilett wieder an sich, wobei er geschickt dem Blutstrahl auswich. Zwei Minuten später wurde das ganze Viertel brutal aus dem Schlaf gerissen.

Das Hotel Nice flog in die Luft.

19

und die Liebe am Montag

WAS HEISST SODOMIE AUF SPANISCH?

Laertes – Why ask you this?
(Übers. Laertes – Was fragt Ihr das?)
Shakespeare
Hamlet, 4. Akt, 7. Szene

Gabriel öffnete vorsichtig die Tür von Zimmer 345. Aber Maria schlief nicht. Sie wirkte erholt und begrüßte ihn freudig.

«Erzähl mir nicht, daß ich Glück habe, im Warmen zu sein.»

Gabriel zog seine durchnäßte Jacke aus und schüttelte das Wasser aus seiner Mähne.

«Es ist weniger die Wärme als das Bett, was Lust macht ...»

«Schieb alles beiseite und sag mir guten Tag ... Du hast ja eiskalte Hände!»

«Und eine rote Nase ... Die Krankenhausleitung hat mich als Clown engagiert.»

«Du solltest lieber ins Restaurant gehen. Gérard und Vlad sind ziemlich schlecht drauf. Weißt du, auf was sie verfallen sind, um mich zu unterhalten? Sie haben mir die Einkaufsliste dieser Woche mitgebracht!»

Gabriel betrachtete die Fotos vom Pied de Porc. Gérards großen Schnurrbart.

Maria sah schön aus in ihrem Bett. Ihre kurzen braunen Haare, «wenn die Küche nicht wäre, würde ich sie lang wachsen lassen», eine lange feine Nase, ein großer Mund. Um die Augen ein schelmischer Ausdruck, Lachfalten an den Mundwinkeln. Sie erinnerte ihn an ihre Nichte Rosa.

«Warum habt ihr kein Kind, Gérard und du?»

Maria tat so, als ob sie sich für die Sondersendung über den versuchten Staatsstreich in Katar interessierte: *«Eine Handvoll Armee- und Polizeioffiziere hat versucht, den Emir Hamad Ibn Khalifa Ath-Thani wieder an die Macht zu bringen. Einige Verschwörer sind nach Bahrain geflüchtet. Die Sicherheit des Emirs, der 1995 von seinem Sohn abgesetzt worden war, wurde von etwa vierzig Männern gewährleistet, die unter der Leitung von Paul Barril standen.»* Maria stellte den Ton ab.

«Warum hast du kein Kind mit Cheryl?»

«Weil sie abgetrieben hat, sie will nicht mehr mit mir darüber sprechen.»

«Warum rennst du auch ständig in der Gegend rum und setzt dich all diesen Gefahren aus?»

«Ich weiß nicht ... die letzten Krümel Gerechtigkeit retten.»

Maria nahm Gabriels Hände. Ihre Blicke kreuzten sich.

«Weil du Angst hast, Gabriel ... Du hast Angst, seit du ganz klein warst, seit deine Eltern gestorben sind ... Du willst nicht das Risiko eingehen, ein Kind ohne Vater zu hinterlassen, du willst das Risiko des Lebens nicht auf dich nehmen, und du läufst vor dem Tod davon.»

Gabriel zog mit einem Ruck seine Hände zurück.

«Das ist doch Schwachsinn ... Du glaubst, daß ich dies oder das mache, weil ich als Kind traumatisiert wurde, aber was das anbelangt ... Alle ... du, ich, Cheryl ... man findet in seiner Kindheit immer eine Entschuldigung für sein jetziges Verhalten: Mein Vater hat mich geschlagen, oder, ich hatte zwei kleine Schwestern, oder, meine Mutter hatte eine Wasserphobie ... Das ist wie bei denen, die meinen, daß man für seine Krankheiten selber verantwortlich sei ... Belle für ihr Aids ... du für deinen Krebs ...»

Maria schloß für einen langen Moment die Augen. Man hörte nur noch die Geräusche der verschneiten nächtlichen Stadt, das Rollen der Wagen auf dem Flur, Fetzen von Radiosendungen.

Dann richtete sie den Blick auf den Fernseher, der hinter Gabriel an der Wand hing. Die stummen Bilder eines explodierten Gebäudes im 11. Arrondissement, geschäftige Feuerwehrleute und Polizisten vor den Trümmern des Hotels Nice.

Blasse, aus dem Schlaf gerissene Minister lösten sich im Blitzlichtgewitter der Reporter ab. Dann eine Auflistung der letzten islamistischen Attentate: Saint-Michel, Orsay, Khaled Kelkal. Marias Gesicht verzerrte sich.

«Weißt du, manchmal frage ich mich ...»

Sie zögerte. Gabriel sah, wie sich ihr Gesichtsausdruck änderte.

«Tut mir leid ... Soll ich dir einen Tee machen?»

Sie hatte ihm nicht zugehört, tastete nach seiner Hand, er umschloß ihre Finger.

«Jeden Tag, jeden Abend ... dieser Irrsinn mit den Bestellungen ... seine Art, sich an manchen Abenden über den Andrang und den Streß lustig zu machen ... sein Blick ... seine Einsamkeit. So kam es, daß ich eine Affäre mit Vlad hatte.»

Gabriel war wie vor den Kopf geschlagen. Es war unmöglich, nicht zuzuhören, unmöglich, etwas zu sagen. Er drückte Marias Hand fester und spürte ihren Ehering.

«So was war in meiner katholischen Familie derart unvorstellbar, daß ich gar nichts davon wußte ... und jetzt, in meinem Alter, das ist ein weiteres Tabu ... als ob ich mein Leben verbracht hätte an der Seite von ... Gewiß, es gibt diese uralte Vertrautheit mit Gérard. Das Restaurant, unsere Pläne und ... wie soll ich dir das erklären ... als ob die Tatsache, daß wir damals, als wir es wollten, keine Kinder bekommen haben, uns zärtlich verbinden würde ... Ich liebe Gérard ... Vlad ... Ich liebe ihn immer noch ... und hier liege ich nun, krank. Ja ... weit weg von beiden.»

«Aber was für einen Unsinn erzählst du mir da! Du nagelst dich selber ans Kreuz ... Du wirst gesund werden und aufhören, Schuld und Vergnügen durcheinanderzubringen. Glaubst du, daß Gérard keine Abenteuer gehabt hat? Ja, nein, du weißt nicht? Ich auch nicht! Ist ja auch scheißegal ... In deinem Alter wirst du doch wegen eines Abenteuers nicht alles in Frage stellen ...»

«Das ist aber kein Abenteuer!»

«Weil es das erste Mal ist ... Ein Abenteuer kann lange dauern ... und man kann mehrere haben ... Genieße es! Streichel den Schnurrbart deines Mannes, und träume von Bukarest mit Vlad. Sieh dir auch andere Männer an! Hier, sieh mich an zum Beispiel!»

Maria errötete. Die Tür öffnete sich. Hinter einem großen Strauß roter Rosen trat Cheryl ein.

«Guter Gott! Habt ihr ein Glück, daß ihr im Warmen seid.»

Maria überkam ein verrücktes Lachen. Gabriel befreite Cheryl von ihrem unglaublichen Mantel aus künstlichem rosa Fell.

«Ist das ein Tschernobyl-Nerz?»

Cheryl zuckte mit den Schultern. Sie hatte drei neue Briefe von Annick.

«Hier die Briefe von deiner Mätresse ... Reg dich nicht auf, ich hab aufgepaßt, daß ich nicht verfolgt werde, ich hab auch nicht das Auto genommen. Zwei Stunden lang bin

ich zwischen Bus, Taxi, Metro und wieder Bus hin- und hergestiefelt.»
Sie umarmte Maria.
«Du siehst richtig gesund aus. Tut dir gut, daß du mal aus der Küche raus bist.»
Maria kämpfte immer noch gegen ihren Lachanfall.
«Was habt ihr beide denn?»
Gabriel legte die Hand auf das Kopfkissen.
«Ich habe um ihre Hand angehalten!»
«Das sollte sie eher zum Weinen bringen.»
Maria hatte den Fernseher wieder laut gestellt. Wetterkarte. Ein Bericht über Autoschlangen, die in der Normandie im Schnee feststeckten. Feuerwehrleute, Decken, Notunterkünfte, Augenzeugen. Gabriel kommentierte.
«Wegen ein paar Schneeflocken wird der Notstand ausgerufen ... Das ist wahrlich die *verängstigte Klasse*.»
Übergangslos ging der Sprecher zu den Erörterungen im Hause des Premierministers zum Thema Gewalt in der Schule über. Schließungen, Sicherheitsabzeichen für Schüler, Strafen, Überwachung durch die Armee.
«Die *verängstigte Klasse* gegen die *gefährliche Klasse*, endlich beginnt das letzte Gefecht ...»
Maria stellte den Fernseher ab. Stille. Sie wollte mit Cheryl reden. Gabriel deckte sich mit Geleefrüchten ein und ging los, um einen Kaffeeautomaten zu suchen.
«Was ich im Krankenhaus so gern mag, immer wenn man jemanden besucht, hat er die tollsten Leckereien am Bett.»

Eine gute halbe Stunde später.
Cheryl, die genervt war, daß Gabriel zum x-ten Mal sein leeres Glas umdrehte, umarmte Maria. Gabriel blökte:

«Und vergiß nicht, daß es auf Kanal Minus einen guten Porno gibt.»

Bevor er die Tür zu Marias Zimmer schloß, konnte er gerade noch sehen, daß sie rot wie eine Tomate wurde.
Cheryl drückte wütend auf den Fahrstuhlknopf.
«Bist du bekloppt, oder was? Willst du, daß wir sie noch mehr aufregen?»
«Bist du auf dem laufenden?»
«Worüber?»
«Nun ... ähh ... Maria, Gérard.»
«Vlad?»
«Ja. Du weißt Bescheid?»
«Ich dachte, sie hätte dir ein Geheimnis anvertraut.»
«Schon gut, ich hab nichts gesagt!»
«Na ja ... kaum ist die Tür zu, muß Monsieur alles ausposaunen.»
«Aber, du hast doch ...»
Der Fahrstuhl hielt an. Als die Tür aufging, verschwand der Aluminium-Glanz von Cheryl. Sie wurden gegen andere Besucher gedrückt. Gabriel sprach mit lauter und deutlicher Stimme.
«Chérie, was heißt Sodomie auf spanisch?»

20

und die Liebe am Montag

ÜBER DAS MASSAKER VON SAINT-MAUR

First clown – Argal, he that is not guilty of his own death, shortens not his own life.
(Übers. Erster Totengräber – Ergel, wer an seinem eigenen Tod nicht schuld ist, verkürzt auch nicht sein eigenes Leben.)
Shakespeare
Hamlet, 5. Akt, 1. Szene

Sie gingen die Straße hinunter und waren noch ziemlich weit vom Hotel Nice entfernt, als Gabriel vor Cheryl stehenblieb.

«Sie haben das Hotel Nice in die Luft gesprengt, sie haben Guillaume getötet.»
«Bist du verrückt?»
«Nicht so wie die. Sie wollten mich umlegen …»
Sie beschleunigten die Schritte. Es war glatt.
Sirenen von Feuerwehrautos, Blaulicht. Aber nicht das war es, was Pulp davon überzeugt hatte, daß es eine schreckliche Katastrophe gegeben hatte, sondern die vielen offiziellen Fahrzeuge mit dunkel getönten Scheiben und die Polizeimotorräder in der Avenue Parmentier.
«Aber warum dich umlegen?» stieß Cheryl aus.
Gabriel schnitt jede weitere Diskussion ab:
«Damit ich tot bin!»
Gelber Staub bedeckte den Schnee, Schneeflocken schmolzen auf den großen Scheinwerfern.
Viele Fensterscheiben waren zersplittert, Aufräumtrupps verteilten meterweise Plastikplanen. Räumfahrzeuge verstopften die Kreuzung. In der Dunkelheit leuchtende Polizisten stellten Absperrungen auf. Pulp war überrascht, kein einziges Stück des Schildes «HOT … ICE» vorzufinden. Es gab nur noch einen Krater voller Uniformen, Kabel, Spitzhacken und Walkie-Talkies.
Der Patron vom Vizir stand noch unter Schock, er hatte schnell reagiert und sich an seine Registrierkasse geklammert, da er gerade seine Abrechnung machte. Und die Versicherung würde auf jeden Fall ein neues Schaufenster bezahlen, vielleicht sogar neue Bezüge für die Stühle?
Ein Auflauf von widerlichen Gaffern und Schmeißfliegen mit Kameras samt Tontechnikern. Viel Aufwand, um nichts rauszukriegen, war offenbar ihr Arbeitsprinzip.
Gabriel hielt sich im Hintergrund und schickte Cheryl los, die sich nach der Notrufnummer für die Angehörigen der
 Opfer erkundigen sollte.
«Scheiße, Sie sind nicht tot?»

Minkowski, der junge Inspektor mit der Mähne, den er bei Belle getroffen hatte, starrte ihn an.
«Sollte ich?»
«Nein ... entschuldigen Sie bitte ... verdammt ... das ist ein Wunder, echt. Ich muß Marion benachrichtigen ... ich meine ... den Kommissar, äh, die Kommissarin. Scheiße. (Er rief laut:) He, Olivier!»
Inspektor Martin begrüßte Pulp freundlich.
«Diese verdammten Flics, sie haben uns die Liste der Opfer gegeben, und Ihr Name ist auch dabei ...»
«Kann ich sie mal sehen?»
Minkowski zeigte ihm sein Notizbuch. Pulp las: «‹Annick Le Goff, Mohammed Djabri ...› Sind Sie sicher, was Annick Le Goff betrifft?»
«Nun ja ... äh ... so sicher wie bei Ihnen.»
Martin befahl Minkowski, per Funk Kommissar Scali zu informieren.
Als Cheryl sah, daß Pulp zwischen zwei Typen stand, die die gleichen Klamotten trugen wie er, blieb sie vorsichtshalber im Hintergrund. Gabriel winkte sie heran.
«Inspektor Martin ... eine Freundin.»
«Man hat Sie gesucht ... fast wären Sie mit diesem Hotel in die Luft geflogen ... Die Kommissarin möchte Sie sehen.»
«Eine Frau?»
«Ja ...»
Der Inspektor sah nachdenklich Cheryl an und wischte sich die Stirn ab.
«Sagt Ihnen das etwas: Glock?»
«Nein.»
«A. von K.?»
«Sagt das der Kommissarin was?»

Pulp sagte sich vor allem, daß er wahrscheinlich zu den wenigen Menschen gehörte, die sagen können, daß sie den eigenen Tod gesehen haben. Im Augenblick verdankte er sein Überleben seinem «Tod», und nur dieser fiktive Tod schützte ihn im Moment vor einem realen Tod. Bald würde er wieder ein Mann sein, der, koste es, was es wolle, umgelegt werden mußte. Deshalb willigte er ein, den beiden Polizisten zu folgen. Für die nächsten Minuten waren sie ausnahmsweise die besten Bodyguards für Cheryl und ihn. Außerdem war der Kommissar eine Frau, und zu so später Stunde war das nicht das Schlechteste.

Die Ruhepause dauerte nur so lange wie die Fahrt. Eingeschaltete Sirene, quietschende Reifen, Blaulicht. Minkowski versuchte Eindruck auf die schöne Cheryl zu machen, und der dicke Martin amüsierte sich darüber.

Plötzlich eine Nachricht über Funk.

«TNZ1 … TNZ1. An alle Fahrzeuge. Abrechnung an der Place Pigalle … Privatclub *Exotica* …»

Als sie in der Höhe der Place Blanche ankamen, öffnete sich ein schwarzer Sperriegel von Polizisten, damit das als Privatwagen getarnte Fahrzeug neben einer Vielzahl von Polizeiautos halten konnte. Das reinste Konklave. Sirenengeheul, Feuerwehr, Rettungswagen. Zwischen den Schneeflocken schwebte ein Hubschrauber.

Gabriel stieß Cheryl mit dem Fuß an. Minkowski sprang aus dem Wagen, das Funkgerät verkündete:

«Mord an Kommissar Scali im *Exotica*… bei einem Schußwechsel … der Mörder ist etwa dreißig Jahre alt, europäischer Typ, ein Meter fünfundachtzig groß, langes braunes Haar, trägt eine Wollmütze … An alle Fahrzeuge: er ist bewaffnet und sehr gefährlich.»

Abgesehen von der Wollmütze erkannte Gabriel sich in dieser kurzen Beschreibung sofort wieder. Er stieß Cheryl aus dem Wagen und sagte ihr, sie solle auf die Toilette gehen.

Minkowski kehrte zurück. Er war noch blasser als Martin und versuchte das Massaker zu beschreiben.
Sie stürzten in den Nachtclub. Pulp begnügte sich mit dem Anblick des «Akrobaten», der zerschmettert unter der Kasse lag. Blut und zerspritzte Gehirnmasse klebte auf den Hochglanzfotos von gevierteilten Paaren.
Pulp nutzte den totalen Wirrwarr, um sich zu verdünnisieren. Wenn sogar schon Polizisten auf der Liste standen, mußten Cheryl und er sich unbedingt in Luft auflösen. Er holte sie vor dem Bistro ein. Sie mußte tatsächlich aufs Klo. Er hielt sie zurück. Beide waren totenbleich.
«Wir fahren sofort zu Pedro!»

21

Pulp und die Liebe am Montag

GABRIEL UND PEDRO SITZEN IM SELBEN BOOT. PEDRO FÄLLT INS WASSER. WER BLEIBT ÜBRIG?

Hamlet – You do remember all the circumstance?
(Übers. Hamlet – Die Umstände wißt Ihr doch noch genau?)
Shakespeare
Hamlet, 5. Akt, 2. Szene

Der Taxifahrer war ziemlich erstaunt, daß keiner seiner beiden Fahrgäste die Gründe für einen solchen Polizeiaufmarsch an der Place Blanche kommentierte, und wußte auch nichts über das Attentat im 11. Arrondissement.
Er zuckte mit den Schultern und stellte das Radio an.
«Das Ende des Ramadans in Bahrain war von Zusammenstößen mit den Ordnungskräften gekennzeichnet. In Diyah und Abu Sibaa setzte die Polizei Tränengas und Gummigeschosse ein ...»
Er zuckte erneut mit den Schultern und stellte den Kasten ab.
«Wußten Sie schon, daß bei den Chinesen heute Neujahr ist ...»

Ein Blick in den Rückspiegel, und er murmelte vor sich hin:

«Das Jahr der Ratte.»

Cheryl hatte sich an Gabriel geschmiegt.

Er streichelte ihr Haar, rückte etwas zur Seite, um es ihr bequemer zu machen, und öffnete mit einer zärtlichen Geste seine Jacke, damit sie ihre Wange gegen seinen Pullover lehnen konnte. Sie hob ihr Gesicht zu ihm empor, er legte Annicks Briefe beiseite und umarmte sie.

«Die Stärke der Polizei liegt darin, daß sie rund um die Uhr arbeitet ... Wichtig sind nicht die Knarren, sondern das Büro. Ich hab einen Freund, na ja, fast einen Freund ... Meine Frau sagt immer, ich rede zuviel ...»

Gabriel hatte einen der Briefe geöffnet. Darin lag ein Blatt rotes Seidenpapier, auf dem in Tusche ein einziger Satz stand:

«Ihr seid wie die Tintenfische, ihr habt ein Schwert, aber kein Herz, ihr könnt nur fliehen.» Themistokles.

Cheryl las das Zitat, Gabriel zerknüllte den Brief.

«Glaubst du, daß sie recht hatte?»

Der Fahrer drehte sich zu Gabriel um.

«He, Achtung, sie ist nicht tot, meine Frau geht mir immer noch auf den Wecker. Sie kann keine Leute ertragen ... das hab ich erst wieder im Leclerc gesehen, sie spricht mit niemandem. Also fahr ich abends ... Ich bin gern in Gesellschaft, ich rede gern ... ich rede.»

Und mit diesem Wort verstummte er.

Sie kamen an der Bouygues-Oper vorbei, am Bouygues-Ministerium und an der sehr großen Bouygues-Bibliothek. Dann fuhren sie auf der Nationalstraße Nr. 4. Am Horizont standen Betonklötze, die Bouygues-Fernseher beherbergten.

Das Schneegestöber war so dicht, daß abgesehen von den Scheibenwischern alles stillzustehen schien.

«Mögen Sie Musik?»

Gabriel schreckte hoch. Cheryl schob ihre kühle Hand unter seinen Pullover.

«Ja.»

Der Fahrer warf einen Blick in den Rückspiegel. Er wühlte unter seinem Sitz, bastelte einen Moment herum, ließ plötzlich das Lenkrad los und spielte auf einer Querflöte.

Die Luft war phantastisch, die Landschaft war unter einer Schneedecke verborgen, sie bewegten sich wie eine Wolke unter Wolken. Das Taxi schien langsam auf die Insel der Liebe zuzugleiten.

Dann plötzlich Zeichen mit einer Lichthupe. Eine Sirene, blaue Fahrzeuge der Gendarmerie überholten sie mit einem abgehackten Geheule, ohne sich um das Taxi zu kümmern. Gabriel legte vorsichtig eine Hand auf die Schulter des Fahrers und bat ihn anzuhalten. Er gab ihm fünfhundert Francs. Sie stiegen aus und hörten noch einige Meter die Töne der Querflöte.

Die Wipfel der Pappeln forderten den Himmel zum Duell heraus, Blaulichter gaben abwechselnd Notsignale von sich. Auf einem Anleger bildeten Feuerwehrleute in Neoprenanzügen einen Kreis. Die Boote der Wasserschutzpolizei richteten ihre Scheinwerfer auf das, was vom Bug von Pedros Frachtkahn übriggeblieben war. Der Rest des Kahns war in der Marne versunken.

Sie stapften durch den Schnee um eine grell erleuchtete Baracke herum. Gabriel half Cheryl, über den Zaun des Marne-Ruderclubs zu klettern. Er schob die Schiebetür des Bootsschuppens auf, nahm Cheryl bei der Hand und wollte in die schwarze Öffnung schlüpfen. Das kalte und feuchte Eisen eines Schalldämpfers ließ ihn zu Eis erstarren.

«Hände hoch!»

«Nein ...»
«Rühr dich nicht von der Stelle.»
«Na, dann wird Cheryl sich den Tod holen ...»
«Puta de tu madre! Du ...»
«Hasta la victoria siempre!»
Gabriel zog Cheryl herein und schloß die Tür.
«Verdammt noch mal, erst bist du mit deinem Kahn abgesoffen, und dann willst du mich töten, mich, wo ich schon in meinem Hotel gestorben bin!»
Pedro führte sie tastend zu den Duschräumen. Hier machte er das Licht an. Cheryl fiel ihm in die Arme.
«Ist dir nichts passiert, mein Pedro?»
Er löste sich von ihr und machte eine Pirouette, um sein Outfit vorzuführen, eine Jogginghose und drei T-Shirts mit dem Wappen des Marne-Ruderclubs übereinander.
«Ich hab den Heizkessel repariert, und dann ist alles in die Luft geflogen.»
«Den Heizkessel?»
Pedro brach in schallendes Gelächter aus.
«Plastiksprengstoff und ein Fernzünder ... Alles in einer Sekunde ... Aber ich bin geschwommen ...»
«Ich hatte weniger Glück ... Guillaume ist angeblich von den Islamisten der GIA pulverisiert worden.»
Cheryl starrte die beiden an.
«Also seid ihr beide tot?»
Sie bauten sich aus Kajakplanen, Badetüchern, Segeln und aufblasbaren Kissen ein kleines warmes Nest und löschten das Licht.
Die ganze Nacht tauschten sie die Details und verschiedene Hypothesen aus. Am Ende, im Morgengrauen, waren sie sich einig.
Man hatte eine «markierte» Kanone bei Cheryl versteckt, die berühmte Glock 9mm, die vom Geheimdienst bei der Ermordung von A. von K. benutzt worden sein mußte.

Belle, die eine Waffe für ihren Selbstmord suchte, hatte sie mitgenommen. Das hatte die Pläne dieses Schatten-Generalstabs reichlich durcheinandergebracht, so daß zwangsläufig alle zum Tode verurteilt waren, die den schweinischen Plan zurückverfolgen konnten. Dazu gehörten auch die «normalen» Polizisten.

Cheryl und Pedro meinten, es gebe nur eine einzige Lösung: in den Zeitungen bekanntzugeben, daß sie am Leben waren, und die Gründe für die wahren-falschen Attentate zu veröffentlichen.

Daraus folgte: Gabriel sollte schreiben, Pedro drucken und Cheryl bei Plenel, Angeli, Perrault und Lefort anrufen.

Pulp hatte einen anderen Plan ... er wollte um den Sieg kämpfen. Darüber ließ er aber kein Wort fallen, da er wußte, daß diese Frau und dieser Alte noch schlimmer waren als alle Kommandoeinheiten der ganzen Welt.

Er bat Pedro, ihm die Schalldämpferkanone zu geben, und als Auftakt zur Offensive stiegen sie auf der Brücke von Joinville in eines der berühmten Taxis von der Marne.

22

SIEH DA, DIE POLIZEI!
SODOMIE OR NOT SODOMIE

Hamlet – That is the question.
(Übers. Hamlet – Das ist die Frage.)
Shakespeare
Hamlet, 3. Akt, 1. Szene

Als das Taxi vor dem Haus von Véronique, der Praktikantin von Cheryl Coiffure, hielt, bemerkte Pulp den grauen Bedford, der etwas abseits lauerte. Er grinste, die Jagd ging weiter, alles lief wie geschmiert. Sie weckten Véronique, und Gabriel überließ es Cheryl, vom Hotel und vom Tod Annick Le Goffs zu berichten.

«Habt ihr sie umgelegt?»
«Na logo! Sie hat versucht, Pulp in Rotwein und Basilikum zu kochen ... ziemlich widerwärtig! Und da du das Rezept notiert hast ... ist Rache angesagt.»
«Schluß mit dem Blödsinn! Warum seid ihr gekommen?»
«Wir wollten die Tugendhaftigkeit unseres Personals überprüfen. Ich möchte nicht, daß Cheryl sich mit leichtlebigen Elementen umgibt.»
Cheryl unterbrach ihn.
«Er spinnt, er hält sich für Saddam Hussein, wir sind menschliche Schutzschilde.»
Véronique warf einen Blick auf Cheryls verdreckten Mantel.
«Eher menschliche Vogelscheuchen.»
Die Frauen gingen duschen. Dann lud Gabriel die Damen entgegen seiner Gewohnheit zum Frühstück am Boulevard Beaumarchais ein. Vom gegenüberliegenden Bürgersteig wurden sie unauffällig überwacht. Er überließ die Frauen für eine Weile ihrer Marmelade und der Lektüre des *Parisien*, dessen Schlagzeile lautete: TERROR IN PARIS.
Pulp machte einige Einkäufe an der Bastille, bei seinem Kumpel von Audiotec. Die Knarre unter der Jacke und eine Plastiktüte in der Hand, setzten sie ihren Weg bis zur Rue Popincourt fort.
Gabriel erklärte ihnen unterwegs, daß der Friseursalon und die Wohnung wahrscheinlich abgehört würden. Daß sie heute so arbeiten müßten, als ob nichts gewesen sei. Mit einem Unterschied. Alle Kunden, selbst Stammkunden, die eine Tasche oder ein Paket liegenließen, waren verdächtig. Dann bat er Véronique, am Abend zum Essen

bei ihnen zu bleiben.
«Ich möchte, daß ihr meine Calamares in Schokolade pro-

biert … Kakao und Safran, ein Hauch Zitronensaft, und nach diesem Festmahl übernachtest du bei uns …»

«Zu dritt?»

Cheryl lächelte spöttisch.

«Er hält uns für Jungfrauen und sich selbst für Mao … Mach dir keine Sorgen, dir passiert nichts … Ich bin ja da.»

«Calamares in Schokolade und die Nacht mit einem Pulp! Vielen Dank für die Einladung!»

Als sie kurz vor dem Salon waren, bat Gabriel sie, im Café Popincourt zu warten … Er nahm die Schlüssel heraus und kontrollierte wie ein Bombenentschärfer den Laden und die Wohnung. Im Café war nur von der Explosion des Hotels die Rede: gewaltbereite, rassistische Äußerungen mit dem Tenor «Araber raus!» und «Frankreich den Franzosen!»

Im Friseursalon installierte Pulp zwei Mikros von Audiotec. Dann rüstete er das Schaufenster der eleganten Geschäftsräume von Cheryl Coiffure aus. Er war ungewaschen, unrasiert, hatte dunkle Ringe um die Augen, fettige Haare, und die Jeans waren schmuddelig. Die Frauen scheuchten ihn ins Badezimmer im ersten Stock.

Auf dem Anrufbeantworter war nur eine einzige Meldung. Die Stimme von Annick.

«Dienstag, einundzwanzig Uhr … Ich verzeihe dir alles … alles … ich sage dir alles, wenn du Saint-Just vergibst, ich …» und hier wurde das Gespräch plötzlich von einem entsetzlichen Knall unterbrochen. Gabriel hörte sich die letzten Worte noch einmal an, dann stoppte er diese Aufzeichnung des Todes. Er machte den Fernseher an. Die Berichte erstreckten sich vom zehnten Attentat im 11. Arrondissement bis zu den Sympathisanten der ETA in Frankreich und ihren Waffen- und Sprengstofflieferanten, die man angeblich auf einem Lastkahn ausgemacht hatte.

Dann Bilder von der Place Pigalle und vom *Exotica*, gefolgt von Analysen über die Auseinandersetzungen zwischen den Korsen und der Russenmafia, für die die französische Polizei letzte Nacht hatte bluten müssen.
Einhellige Entrüstung und Betroffenheit. Man schlug sich geradezu um die Mikrophone, um eine Verschärfung der nationalen Sicherheitspolitik zu verlangen.
Pulp war ziemlich angewidert von all diesen Aufrufen zur Verschärfung der Polizeimethoden und zu härterer Kontrolle der Ausländer. Da setzte er doch lieber den Kopfhörer seines Walkmans auf, der an den Verstärker angeschlossen war. Der Wechsel von verschlüsselten Sequenzen und gleichmäßigem Rauschen bewies, daß er immer noch überwacht wurde. Dann stellte er die Mikros im Friseursalon auf Empfang, und wie vorauszusehen, schwatzten die Frauen, trotz seiner Instruktionen zur Sicherheit, über die Ereignisse der Woche. Er erwischte Véronique sogar dabei, wie sie ihren Verlobten anrief, um ihm mitzuteilen, daß sie heute nacht wegen einer Sexparty bei ihren Chefs bleiben müsse. Alles lief gut, aber Pulp hatte das Gefühl, daß es noch besser laufen könnte. Er rief bei *Le Monde* und beim *Canard Enchaîné* an. Zufälligerweise erreichte er nur die Sekretärinnen von Plenel und Angeli und ließ folgendes ausrichten: «Pulp wird das Manuskript übergeben, wie abgesprochen ... Alles klar ... Danke.»
Bei der *Libération* hinterließ er für Lefort folgende Nachricht auf dem Anrufbeantworter.
«Gérard, ich habe die Kassetten ... Bis morgen.»
Dann rief er im Pied de Porc an und ließ sich gegen seine Gewohnheit von Gérard in ein Gespräch über mögliche Hinweise auf die Attentäter im Hotel Nice verwickeln ... Sibyllinische Sätze, bei denen in sämtlichen Abhörzentralen die Sicherungen rausfliegen mußten. Er erklärte, daß er heute abend wahrscheinlich nicht ins Krankenhaus

kommen würde, da er einen *Job* zu Ende bringen müsse … Gérard wollte Genaueres wissen, aber Pulp sagte nur: «Das kannst du bald in der Zeitung lesen» und legte auf.

Er zappte von einem Sender zum nächsten und stellte fest, daß kein Mensch mehr den Konjunktiv benutzte und die Fremdenfeindlichkeit sich langsam zur Hysterie gesteigert hatte. Er war erschöpft und genervt. Das Bad entspannte ihn. Vorsichtshalber installierte er zwei weitere Wanzen in seinem eigenen Zimmer und testete sie. Dann legte er sich aufs Bett und döste vor sich hin, während er die Gespräche im Salon abhörte: Lockenwickler, Trockenhauben, Farbtöne. Der Anblick der hypnotischen Poster von Marylin und Elsa Martinelli gab ihm den Rest. Beim Einschlafen schweiften seine Gedanken zu Rosa und der dunklen Flo … Würde er Montag noch am Leben sein?

Die Frauen ließen ihn aus dem Schlaf hochschrecken. Sie wirkten irgendwie neckisch.

Er stand auf und holte, als ob nichts Besonderes wäre, mit dem Kopfhörer auf den Ohren und in Unterhosen, das Tischtuch und die Servietten heraus und deckte den Tisch.

Sie saßen wie gebannt da und beobachteten seine haushälterischen Fertigkeiten.

«Champagner nach dem Bad?»

Er schob Billie Holiday in den CD-Player. Die Frauen gingen kichernd ins Bad. Er holte den Champagner raus.

Eine Stunde später erschien Cheryl, schöner als jemals zuvor. Hautenge Jeans, die Brustspitzen auf der Höhe des vierten Rings ihres Ringel-T-Shirts. Véronique war goldsilbrig geschminkt und trug nur ein langes schwarzes, fast durchsichtiges Kleid, das bis zum Bauchnabel offenstand.

Pulp ließ den Champagnerkorken knallen. Sie stießen an. Gabriel deutete mit dem Finger auf die Speisekarte, die mit Filzstift auf einen leeren weißen Porzellanteller geschrieben war.

1. Wir essen.
2. Wir vögeln.
3. Ihr klettert aus dem Fenster.
4. Ihr wartet auf mich bei Belle.

Er gab Cheryl die Schlüssel und bat sie zu Tisch.

«Eine Frau, ein Mann, eine Frau ...»

Véronique las die Anweisungen und bekam einen leicht panischen Blick.

«Salat mit kleinen Tintenfischen.»

Er tat so, als ob er seinen leeren Teller füllte, und forderte sie auf, es ihm nachzutun, wie bei einem romantischen Kerzenlichtdinner. Gabriel erkundigte sich, ob es ihnen schmeckte.

Véronique erwies sich als hervorragende Schauspielerin. Sie machte zahllose Komplimente, fragte nach dem Rezept und geriet in Entzücken, als Pulp den nächsten Gang ankündigte.

«Pulp auf korsische Art! Erlaubt mir, die Teller zu wechseln.»

Während dieses Dinners gab es ausführliche Gespräche über Olivenöl und den letzten Film von Chatiliez. Cheryl mußte wie verrückt lachen, als Véronique um vorgetäuschten Zucker für einen nicht vorhandenen Kaffee bat.

«Wollen wir ins Bett gehen?»

Pulp stellte sich aufs Bett und hüpfte mit geschlossenen Füßen auf und ab.

War der Rhythmus richtig? Das Knarren der Bettfedern? Das heisere Stöhnen, das Gabriel nachahmte? Véronique, die wohlweislich auf ihrem Stuhl sitzen geblieben war, konnte sich nicht mehr zurückhalten und keuchte: «Ja ... O ja ... Nimm mich ... Ahhh, genau sooooo ... Ja ... Stärker ...»

Cheryl, die etwas verdrossen wirkte, beteiligte sich weniger an dem Spiel, sie wiederholte andauernd ein eintöniges «Mehr ... mehr ...», das nur wenig überzeugend war. Pulp beschleunigte den Rhythmus.

«Ja ... da ... Leck mich ... Aaah!!»

Cheryl betrachtete ihren langen Lulatsch, der einen Jogger-Orgasmus vortäuschte, stieß drei unglückliche Seufzer aus und flüsterte: «Ist das alles?»

Gabriel drohte ihr mit der Faust. Er drückte auf die Fernbedienung, um die Kassette über das Leben Marylins anzuwerfen, und forderte die Frauen auf, ihre Klamotten anzuziehen. Der umgekehrte Striptease war recht reizvoll, aber Pulp machte sich daran, ganz leise das Küchenfenster zu öffnen. Er drehte die Stimme von Frédéric Mitterrand lauter. Dann half er den Frauen, über die Fensterbank zu klettern, und paßte auf, daß sie heil über das Schuppendach und die Hofmauer kamen. Sie verschwanden im Schneegestöber und unter dem Vordach des Nachbarhauses.

Er streckte sich auf dem Bett aus, zerknautschte die Laken und sagte für die Mikros:

«He, Mädchen! Nicht einschlafen ... jetzt noch nicht ...»

Er bedeckte seine Hände klagend mit glühenden Küssen. Dann vollendete er den Abend mit ausführlichen Gymnastikübungen und heftigem Gestöhne.

Frédéric Mitterrand endete mit einem unheilschwangeren Kommentar über die Einsamkeit des Stars. Pulp stand auf und überprüfte auf Zehenspitzen die Mikros und das Magazin seiner Waffe. Geräuschlos öffnete er die Tür des Appartements, machte sie hinter sich zu und zog sich auf den Treppenstufen vor die Tür des chinesischen Mieters im zweiten Stock zurück.

Den Kopfhörer für seine Mikros aufgesetzt, wartete er. Geräusche von vorbeifahrenden Autos, einer Warnblinkan-

lage, eines Motors im Leerlauf, dann plötzlich das Geräusch eines Nachschlüssels im elektronischen Türschloß, die sich öffnende Tür, ein Typ im schwarzen Jogging-Anzug, der leise in den ersten Stock schlich und aus seinem Rucksack Sprengstoff herausholte.
Pulp stieg einige Stufen hinab und setzte dem Mann die Knarre in den Nacken. Er bewunderte die professionelle Ruhe des Killers, der seine Hände ausstreckte und sonst keinerlei Bewegung machte. Gabriel klebte ihm den Mund mit einem großen Klebestreifen zu und legte ihm Handschellen an. Dabei fiel ihm ein Silberring auf, der über den Handschuh geschoben war.
Pulp überprüfte den Fernzünder, steckte den Sprengstoff wieder in den Rucksack, entriegelte die elektronische Sicherung, zwang den Mann, aufzustehen und bis zur Tür hinunterzugehen. Dann öffnete er die Tür, stieß ihn auf die Straße und drückte sich gegen die Stufen.
Die Komplizen des Killers sahen ihn herauskommen, lösten die Fernzündung aus und hatten volles Verständnis dafür, daß er auf ihren Wagen zurannte, um sich so schnell wie möglich vor dieser mörderischen Sprengladung in Sicherheit zu bringen.
Die Explosion im Rucksack des «Choreographen» war schrecklich, die Straße wurde von einem Feuerball erleuchtet, dann totale Stille. Die folgende Sekunde war ein einziges Konzert der Alarmsirenen von ausgeweideten Geschäften und weggepusteten Autos.
Pulp befreite sich aus einem Haufen Glasscherben und Gipsbrocken. Er stieg wieder ins Appartement hinauf und sah sich durch das scheibenlose Fenster die brennenden Autogerippe an.
Das Telefon klingelte.

«Hallo.»
«Guten Abend.»

«Ja.»
«Ich heiße ... sagen wir, Mars, ich möchte wissen, wo Ihr Artikel bleibt ...?»
«Ist Ihr Laufbursche noch nicht zurück?»
«Nein.»
«Das ist ja bedauerlich.»
«Haben Sie bereits eine Überschrift?»
«Ich weiß noch nicht ... Welchen Tag haben wir heute?»
«Donnerstag.»
«Vielleicht ... *Donnerstag ist Verarschung angesagt.*»
«Ich glaube, Sie werden keinerlei Autorenhonorar bekommen und auch sonst nichts ...»
«Es sei denn?»
«Sie übergeben mir die kompletten Unterlagen. Ich bin ein Sammler.»
«Ich werde das mit meinem Drucker besprechen.»
«Beeilen Sie sich ...»
«Rufen Sie mich am Montag an ...»
«Montag?»
Das Gespräch war beendet. Am Wochenende schickte Pedro einige schön gedruckte Artikel an verschiedene Zeitungen und Magazine.
«Echnaton», «Nofretete», «Darius» und «Empedokles» ersetzten die Versager der Gruppe ROMERO, und ihre Anfangsbuchstaben waren der Beginn einer ganz anderen Geschichte ...

22. MÄRZ – Erinnerung an die anarcho-syndikalistische *Bewegung des 22. März*, die 1968 von Daniel Cohn-Bendit ins Leben gerufen wurde. Der Name der Bewegung bezieht sich auf die ersten Aktionen der Studenten, die an diesem Tag die Verwaltungsgebäude in der Universität in Nanterre besetzt hatten, um gegen die Verhaftung von sechs Mitgliedern des französischen Vietnam-Komitees zu protestieren. Sie war führend an der Mairevolte beteiligt und organisierte auch die Besetzung des Théâtre Odéon.

ACT-UP – *AIDS Coalition To Unleash Power*: Aids-Hilfsorganisation.

BARRIL, PAUL – Ehemaliger Polizeikapitän, Supergendarm des Élyséepalastes, Mitglied der «Anti-Terror-Zelle» (Opérations Homo, Homozid-Operationen), sprich stellvertretender Leiter der Anti-Terror-Einheit GIGN, die mit der deutschen GSG 9 vergleichbar ist. Soll im August 1982, kurz nach dem Anschlag auf das jüdische Restaurant Goldenberg, drei Iren in Vincennes Waffen untergeschoben haben, um schnelle Fahndungserfolge zu erzielen. Das führte zu seiner Entlassung. Gründete Anfang der 90er Jahre eine «Sicherheitsfirma» namens *Secrets*, die u. a. afrikanische Potentaten berät.

BIGAMIE – Eine Anspielung auf François Mitterrands in der französischen Öffentlichkeit geduldeten außerehelichen Beziehungen.

BOUYGUES – Französischer Bau- und Medienkonzern, dem u. a. der Kommerzsender TF 1 gehört. Die Aktivitäten von Bouygues erstrecken sich von Milliardeninvestitionen in Berlin über den Bau einer zweiten Betonhülle am Atomreaktor von Tschernobyl bis zum Wiederaufbau des vom Krieg zerstörten Kuweit.

CAMILLE ALBANE – Eine Kette von Friseursalons und Kosmetikartikelgeschäften mit Filialen in vielen französischen Städten.

CHATILIEZ, ÉTIENNE – Regisseur des Films «Das Glück liegt in der Wiese» (1995).

COUP DE JARNAC – Ein heimtückischer Degenstoß, den der Baron de Jarnac 1547 zum ersten Mal in einem Duell anwandte (ein Stich ins Knie). François Mitterrand wurde am 26. 10. 1916 in Jarnac bei Cognac geboren.

GAL – *Grupos Antiterroristas de Liberación*: «Antiterroristische Befreiungstruppen», Söldner, die bis Mitte der 80er Jahre von Frankreich aus einen schmutzigen Krieg gegen baskische Flüchtlinge führten. Die Todesschwadrone der GAL wüteten auch in Spanien.

GIA – «Bewaffnete Islamische Gruppe», radikale Fundamentalistenorganisation in Algerien.

GRINBERG, ANOUK und **LANVIN, GÉRARD** – Schauspieler in dem Film *Mein Mann – Für Deine Liebe mach' ich alles* (Mon Homme) von Bertrand Blier (1995).

KHALED KELKAL – Wurde am 29. September 1995 in der Nähe von Lyon von der Polizei erschossen. Angeblich war er an einem mißlungenen Anschlag auf den TGV Paris–Lyon beteiligt.

MITTERRAND, FRANÇOIS – Französischer Staatspräsident von 1981 bis 1995. Er starb am 8. Januar 1996 in Paris.

OAS – *Organisation armée secrète*, bewaffnete Geheimorganisation, die gegen die Unabhängigkeit Algeriens kämpfte.

MONTAGNIER, LUC – Aids-Forscher am Pariser Pasteur-Institut, der z. B. 1993 auf einer Konferenz im Vatikan die Kardinäle und Bischöfe aufforderte, Kondome zu tolerieren.

PIDE – Ehemalige portugiesische Geheimpolizei.

POUM – *Partido Obrero de Unificación Marxista*, sozialistisch-trotzkistisch, gegen Stalin und die 3. Internationale.

RIMBAUD, ARTHUR – Dichter (1854–1891). Das Motto für Kapitel 14 stammt aus *Le Bateau ivre* (Das trunkene Schiff).

SAINT-JUST, LOUIS ANTOINE (1767–1874) – Revolutionär, Schriftsteller und einer der entschiedensten Anhänger Robespierres, der ebenso wie er selbst der Guillotine zum Opfer fiel.

SODOMIE – «Widernatürliche Unzucht zwischen Personen männlichen Geschlechts oder zwischen Mensch und Tier», so heißt es in älteren deutschen Bestimmungen. Während sich in Deutschland eher die zweite Definition durchgesetzt hat (Sodomie, als sexueller Verkehr von Menschen und Tieren, wurde bis zur Strafrechtsreform von 1969 mit Gefängnis bestraft), denkt man bei diesem Wort in Frankreich zunächst an Analverkehr, und zwar nicht nur zwischen Männern. – Romain Goupil, der Autor dieses «Pulps», hat seinen Roman *Lundi, c'est sodomie* (Montag ist Sodomie angesagt) genannt und spielt assoziativ mit verschiedenen Nebenbedeutungen, die das Wort Sodomie haben kann: vom schlichten «Vögeln» bis zur «Verarschung» oder zu sinnfälligen Ausdrücken wie «Fick dich selbst» oder «Das geht mir am Arsch vorbei». – Wie aus anderen Pulp-Romanen bekannt ist, haben Cheryl und Gabriel eine Art privater Sexualsprache. Was die beiden untereinander meinen, wenn es heißt, «Montag ist Sodomie angesagt», bleibt also ihr Geheimnis.

SPANNUNGSSTRATEGIE – Bezeichnung für die tödlichen Attentate der Rechtsradikalen in den 70er Jahren in Italien, die ein Klima der Angst und Unsicherheit erzeugen wollten, um ihren faschistischen Parolen mehr Nachdruck zu verleihen.

TARPEJANISCHER FELSEN – Steiler Abhang im alten Rom, den abgeurteilte Verbrecher bei bestimmten Delikten hinabgestürzt wurden.

TAXIS VON DER MARNE – Im September 1914 beschlagnahmte der später zum Marschall ernannte Gallieni die Pariser Taxis, um Verstärkungen zur Front an die Marne zu bringen. Dadurch konnte Joffre eine wichtige Schlacht gegen die Deutschen gewinnen. Hier fährt das Taxi allerdings in die andere Richtung.

THEMISTOKLES – sagt laut Plutarch (*Große Griechen und Römer*) zu seinen zauderlichen Bundesgenossen: «Was maßt ihr euch an, über den Krieg mitzureden, die ihr wie die Tintenfische wohl ein Schwert habt, aber kein Herz?» Der *Tiergeschichte* des Aristoteles zufolge hat der Tintenfisch keine Eingeweide, sondern nur zwei feste Teile in seinem Innern, deren einer nach seiner Gestalt Schwert genannt wurde.

UNITA – Rebellenorganisation in Angola.

VUILLEMIN – Ein Comic des Zeichner-Autoren-Teams Vuillemin und Gourio wurde Anfang der 90er Jahre in Frankreich verboten, da er deutliche Anspielungen auf sexuelle Beziehungen zwischen jüdischen KZ-Häftlingen und SS-Wärtern enthielt.